U0450743

远在远方的风
比远方更远

理波忆海子

理波 / 著

作家出版社

图书在版编目（CIP）数据

远在远方的风比远方更远／理波著. -- 北京：作家出版社，2024.3

ISBN 978-7-5212-2749-9

Ⅰ．①远… Ⅱ．①理… Ⅲ．①随笔－作品集－中国－当代 Ⅳ．① I267.1

中国国家版本馆 CIP 数据核字 (2024) 第 053369 号

远在远方的风比远方更远

作　　者：	理　波
责任编辑：	宋辰辰
装帧设计：	意匠文化·丁奔亮
插　　画：	理　波
出版发行：	作家出版社有限公司
社　　址：	北京农展馆南里 10 号　　邮　编：100125
电话传真：	86-10-65067186（发行中心及邮购部）
	86-10-65004079（总编室）

E-mail:zuojia@zuojia.net.cn

http://www.zuojiachubanshe.com

印　　刷：	北京盛通印刷股份有限公司
成品尺寸：	138×210
字　　数：	124 千
印　　张：	7.75
版　　次：	2024 年 3 月第 1 版
印　　次：	2024 年 3 月第 1 次印刷

ISBN 978-7-5212-2749-9

定　　价：52.00 元

作家版图书，版权所有，侵权必究。
作家版图书，印装错误可随时退换。

作者简介

理波，本名孙理波，1960年9月生于上海。1979年考入华东政法大学法律系，1983年任教于中国政法大学法律系，讲授《西方法律思想史》，任副教授。2000年后在上海工作，担任律师事务所高级合伙人。同时，从事现代艺术实验，曾在北京、上海等地举办画展，作品被北京、上海、香港、美国等地收藏家收藏。

目录

序言　　　　所有的过往唯有真实的经历才让人难忘
　　　　　　吉狄马加　　001

自序　　　　　　　　　　　　　　　007

相识在法大　　　　　　　　　　　001

昌平、昌平　　　　　　　　　　　015

海子会画画吗？　　　　　　　　　023

如风的日子 —— 聊天、听歌、读书　　035

"首届法制系统科学研讨会"与"小圆脸"　　049

"我应该生活在中世纪"	055
难忘的火锅	063
"富人吃肉，穷人泡脚"	073
海子真的生气了？	077
从老家回来	083
日短夜长、路远马亡	091
暮色苍茫、乱云飞渡	097
静悄悄的书房	101
"诗歌烈士"照的来历	107
荒凉的山岗上站着四姐妹	117
海子与诗人们	137
天才般的创作	147
《面朝大海，春暖花开》的由来	155

《生日颂（或生日祝酒词）
——给理波并同代的朋友》　　　　　　165

《太阳·诗剧》　　　　　　171

海子的诗歌抱负　　　　　　179

海子之死　　　　　　185

1989——死亡与复活　　　　　　197

六年·流年　　　　　　209

后记　　　　　　227

序言　所有的过往唯有真实的经历才让人难忘

吉狄马加

　　诗人海子于1989年3月26日在山海关自行了结了自己的生命，其实从那一天开始，海子的非正常死亡就成了一个不断被广泛议论的诗歌事件，诗人之死就如同一个魔咒，多少年来似乎就一直笼罩在一些天才诗人的头上，而他们的死亡所带来的各种猜想，在他们的诗歌之外甚至变成了比他们的诗歌本身还让人更感兴趣的话题。

　　对于20世纪苏联革命诗人、未来主义诗歌的核心人物马雅可夫斯基的自杀原因，直到今天，史论家们仍各执一词，是他在遗书中所说的"爱情"和"生命"的小舟被撞得粉碎，是他对他所崇尚的理想完全变得绝望，还是他作为"同路人"已经被占据主流的所谓作家组织抛弃。作为那个时代最有影响的诗人，有关他的死在他不同的传记中，成了最重要的也同样是作者和读者最关心的内容。有意思的是，关于马雅可夫斯基的死亡，我对那些通过他所置身的那个时代的理论性分析，所得出的任何结论都是充满了怀疑的，因为那些结论不足以给人信赖的理由。更具有讽刺意味的是，苏联抒情诗人叶赛宁的死亡，就更让人感到扑朔迷离，前者甚至为叶赛宁的死写过一首有名的诗歌《致谢尔盖·叶赛宁》。他在诗歌中有这样的诗句："在这人世间／死去并不困难／创造生活可要困难得多"。在这里，我以为写作者没有半点嘲讽死者的意思，而马雅可夫斯基最终却选择了用同样的方式来消灭自己，才让人感到令人唏嘘的反讽的况味。当我每一次读到这首诗的结尾的时候，我的内心都会为诗人选择这样的死亡方式而震动。尽管这样，我在阅读有关这两位诗人大量的文献和传记时，最让我感到信赖的还是他们的亲人和朋友所记录下来的那些充满着细节和日常生活的文字，就像今天我更愿意读对某一个重大事件和历史进行讲述时，那些极具个人化、完全从更微小的切口所呈现出来的真实。

我说以上这些，就是想告诉读者朋友，有关海子死亡的原因，以及大量的有关海子的各类传记，似乎同样也存在着这样那样的一些问题。需要说明的是，我并没有否定这些研究文章和传记的价值，而恰恰相反，我想说的是，我更看重的是那些有关诗人的日常生活，甚至那些生活有时候并不具有直接解读这个诗人创作思想的意义，也正因为此，当这些看似琐碎的生活构成一个整体的时候，我们就会在这样的描述中看见一个栩栩如生、血肉丰满、个性真实、呼之欲出的诗人的形象。我不想简单地说我们正在阅读的这本有关海子的书，是一本从理论和学理上研究海子全部创作和生平的著作，但我想说的是，这本书让我第一次最真实地看到了，作为一个诗人的海子所经历过的人生最重要的一段岁月，毋庸讳言，海子其实就是在这一段时间完成了一个天才的抒情诗人的锻造。客观地讲，中外诗歌史上，正值青春创作爆发期而遭遇夭折的诗人不乏其人，在这里，我没有将法国诗人兰波与海子进行比较的意思，不做这样的比较，那是因为兰波在活着的时候其大量的作品已经被经典化，而海子在生前还不是一个享誉诗坛的诗人，他的声名鹊起应该说是在他死后。在这里，我无意说因为死亡才促成了海子后来获得的声誉，当然，诗人的成功最终还要回到其作品，也就是说，他的诗歌文本必须是坚实的。往往在这样的时候，无论是评论家还是读者，都会对他的作品进行更严格的审视和评判。毫无疑问，我曾经在别的文章中说过这样一句话，海子当之无愧是我们这个时代最重要的抒情诗人之一，作为同行，我不想也不愿意把他变成一个神话，因为事实上他的创作同样留下了那个时代和他个人的某种遗憾，比如他大量的长诗就留有实验性的痕迹，毕竟他正是在走向更成熟的阶段却结束了自己的生命。诗人都会通过阅读彼此的作品去深度地认识对方，我一直对海子的作品抱有极大的热忱，他曾写过一首诗《姐姐，今夜我在德令哈》，也正因为这首诗，我在青海工作期间就与当时青海省海西州的领导促成了海子诗歌陈列馆的建立，亲自为海子诗歌陈列馆题写馆名，并在那里留下了一幅我亲自撰写的献给海子的对联"几个人尘世结缘，一首诗天堂花开"。令人欣慰的是，现在海子诗歌陈列馆俨然已成为一个让很多诗歌爱好者流连忘返的诗歌地标，同时它也成为来自四面八方的旅游者喜爱的一个网红打卡地。

在这里，我要由衷地感谢我的朋友孙理波，正是这位海子生命岁月中最重要的朋友和同事，为我们提供了可信赖的能认识和了解海子的极为真实的讲述，我以为最可贵的是，他的讲述既有我们称之为口述史的故事逻辑，更让人感到亲切可信的是，他在还原当时的生活面貌时，并没有以推论甚至想象的方式来描述当时发生过的一切，尤其是他们在昌平的生活，让我们能真切地感受到上个世纪八十年代我们那一代人的生活状况，那的确是一个让年轻人怀揣梦想并期待着发生变革的时代。我在阅读过程中，完全相信他所讲述的过程，以及人物间相互对话的真实性，都是源于他对当时他们所经历的客观情况的复述，他具体地讲述了他与海子和其他朋友之间所发生的故事，其实这本身就打破了流传于坊间的海子当时的生活是如何地潦倒，而恰恰相反，他让我们看到的是，一个生性敏感、内心细腻而在精神上有时候又处于高度紧张状态的人。他讲述中的一个情节让我过目不忘，那就是1986年一个萧瑟的秋天，他和海子有一个晚上的聊天和喝酒的经历，后来海子告诉他，"要不是停电，和你一块儿喝酒，如果我自己直接回去，也许就完了"。海子还告诉他，"我一直在想，用什么方法'结果'自己"。如果不曾与海子有这样深度的接触，理波是不可能为我们提供海子在自杀前的三年就有过这样与死神擦肩而过的经历的。关于海子的死，理波没有简单地下一个结论，他告诉我们的是，海子在当时究竟经历了什么，他为何在现实与理想的追求过程中表现出来那样一种状态，我想对此他并没有给我们下一个武断的结论，这或许就是这本书真正的价值所在。我还非常欣赏理波讲述的口吻，从容、直接、没有多余的修饰，尤其是对人物心理和当时情境的描述，尽量克服了讲述人主观的推论，我相信只要读过这本书的朋友，一定会同我一样产生这样的感觉。

海子已经离开我们三十四年了，但作为一个杰出的抒情诗人，他会永远活在那个风华正茂的年龄，就他留下的文字和诗歌而言，死亡永远不会将他打败，因为诗人的死可能就是一个仪式，而他的作品，将穿越这个仪式的门槛，最终将一步步走向人类精神的高地。

二〇二三年十二月一日

（作者系当代著名诗人、文化学者、中国作家协会诗歌委员会主任、中国作协原副主席）

自序

"能销几度落,已是半生来"。

再过一些日子,小查也快六十了,离世那年他才二十五岁。

回望八十年代,流逝的岁月,既快也慢。快,是因为我们从青春年华不知不觉地就进入了花甲之年;慢,是因为在时间的隧道里,故去的至爱亲朋仿佛压根就没有离去,而是与我们一起度日,经历欢乐、分享忧伤。他们的神态、声音会瞬间出现在我的脑海中,飘忽在我的思绪里,让我在不经意间开始怀念,并与身边的人说起他们的故事。

在过去的几十年里,小查就是这样会令我经常想起的一个哥们儿,我们在时空交错中一起慢慢变老。

小查去世后,诗人海子行世。随着海子各种诗集的不断刊印,其诗歌广为流传,备受诗歌界追捧和众多读者喜爱。他的生平也受到人们关注,传记图书已有七八种之多。在文学低迷的当下,海子诗歌热度不减，成为诗歌文化的一种独特现象和"我们这个时代的神话"。

2009年3月，由西川编辑的《海子诗全集》出版。翻开此书的第一页便是我给海子拍摄的那张张开双臂的"诗歌烈士"照，扉页上还刊登了海子写给我的那首长诗《生日颂（或生日祝酒词）——给理波并同代的朋友》的手稿。

海子过世后，由于种种原因，我从未对外提及我们曾经的交往，所有我们的合影、他给我的诗歌手稿及打印稿等等，就这样一直静静地躺在我书柜的抽屉里。

然而，《海子诗全集》的出版，带动了一股海子热。有记者辗转找到我，他们指认海子诗集里唯一具名的诗歌主人是理波，同时也有人开始知道这张流传甚广的照片是出自我手，于是断定我一定还知道不少海子鲜为人知的故事，尤其是他的性格、爱情与离奇自杀等诸多细节。

近年来，我阅读了大量有关海子的文字，特别是骆一禾、西川的文章，他们对海子的诗歌及生平做了精准的归纳，奠定了海子研究的基准。

同时，我也注意到有些海子研究者，在缺乏资料和调研的情况下，对海子的生平和诗歌创作做了看似系统的梳理，虽然这种精神令人感佩，但由于这些研究基本是建立在海子诗歌文本的研读基础上，因而对海子的生命轨迹、诗歌创作，缺乏现实的时空感，加上多年来流传的有关海子的许多传说、猜测与想象，导致以讹传讹，出现了不少走形的"神化"或"矮化"的"故事"，这是一种通过"诗歌"猜谜式的写作。

1983年7月，我从华东政法学院（现华东政法大学）毕业，海子从北京大学法律系毕业，一个月后，我们同时被分配到中国政法大学工作，到1989年3月26日海子决绝离开人世，我们在政法大学一起度过了近六年难忘的青春岁月。

"泪眼问花花不语，乱红飞过秋千去"。这些已消逝但永远不会褪色的私人记忆，似乎是在与海子做一个永恒的对话，折射出八十年代的我们内心追求与精神成长的光芒，留下的是青春年华中一段生命的印记。

海子说：

> 唯有痛苦使我们相互尊重和赞叹
> 使我们保持伟大的友谊
> 唯有痛苦是我们永恒的财富

回忆总是忧伤的，但更多的也是一种告别 —— 与青春、与岁月的告别。

这些文字注定属于我们和那个年代。

理　波

二〇二三年五月于上海西郊

相识在法大

孤独的东方人第一次感到月光遍地

月亮如轻盈的野兽

踩入林中

孤独的东方人第一次随我这月亮爬行

——《孤独的东方人》海子

1983年的春天，雨水尤其多，是那种江南特有的细雨，不打伞也没事，但时间一长，从头发上滑落下来的水珠就像一滴滴泪珠挂在脸上。

3月起，我在上海市静安区人民法院刑事审判庭实习，带教老师是一位五十多岁、身材微胖的老法官——赵凤岱。之前，他曾是静安分局一个派出所的所长。

某天下午，窗外阴雨绵绵，老赵随手收拾了一下办公桌上的卷宗说："你们今天就早点回学校吧。"我走出位于愚园路上的法院小洋楼，徒步到两公里外的中山公园，穿过宽大的草坪，公园的北门外，便是华东政法学院。

中山公园北门内的小路旁有块空地，靠墙处有一长溜报栏，我们平时路过时都习惯在那儿浏览一会儿报纸。

记不清是哪张报纸在版面的中间赫然印着一排黑体字，映入眼帘的便是"中国政法大学正式成立"的字样。这下我知道了，原来的"北京政法学院"现在改名为"中国政法大学"了，特别是前面冠以的"中国"两字，使一个从未去过北京的青年学生，顿时产生了一种莫名的向往。中国政法大学在公安部礼堂召开成立大会，时间是1983年的5月7日，我看到的应该是第二天的报道。

实习结束，回到学校。不久，我果然被分配到了北京，被分配到了法大。对未来，我内心充满一种懵懂的憧憬。"做一名教师仍然是很高尚的事"，记得海德格尔曾这样说过。

1983年8月12日，我们一同被分到政法大学的几个同学约好一起赴京。由于火车票不好买，辗转托人才搞到了几张早上八点四十五分发车，从福州开往北京的45次列车车票。

赤日炎炎、气温如蒸，匆匆上车，放好行李，浑身已被汗水浸湿。火车在嘈杂声中，徐徐离开站台。这趟45次列车是过路车，我们买的是无座票，只能站在拥挤的过道里。窗外的风在列车提速时才能刮到脸上，深深地吸一口气，方感到一丝凉意。直到列车驶过南京长江大桥，我们才陆续有了座，经过二十二个小时的燥热旅途，次日清晨六点，我们终于到达了北京站。

这是我第一次到北京，那年，差一个月，我二十三岁。

毕业前夕的一段时间里，我所在年级的同学都在实习，有些在郊区实习的同学就住在了实习单位，因此学校宿舍楼里有不少房间有空的床位。

有一天，来了几个自称是北京政法学院1979级的学生，他们也在实习，抽空溜到上海玩几天，自行找到我们同学，说想在宿舍里借宿几晚，这样可以省掉一笔旅馆费。晚上，我们好奇地与他们攀谈，也想了解一点他们学校的情况。令我印象最深的是，他们一个劲儿地夸我们这个曾经被称为"东方哈佛"的校园，简直赞不绝口。说到他们的校园时，其中一个同学调侃道："我们学校有两个特点，一是没有围墙，但门不少；二是学生没人管，自由自在。"我有点儿蒙，想象不出这会是一个什么样的大学。

有关中国政法大学的情况，除了他们说的，就是我在中山公园的报纸上看到的一些信息，知道了学校实行"一校三院"制，即校部下设本科生院、研究生院和进修生院三个学院，还知道了当时的校长是由司法部部长刘复之兼任，其余则一概不知。

直属司法部的北京政法学院、华东政法学院等五所院校，都是1952年所谓"院系调整"的产物。经历了"反右""文革"等历次政治运动后，这些院校都是几次关门几次复校，用"满目疮痍"来形容它们一点不为过。

"文革"后，北京政法学院恢复招生。1979年第一次招生时，1949年前的老教授们已靠边站了几十年，五十年代的青年教师们也都已人到中年，有的从京郊、有的从外地被陆续召回政法学院。

1989年主政法大的江平校长,当年被打成"右派"后,"文革"期间一直在北京延庆的一所中学里当老师。复校时,被请回学院担任民法教研室主任。1983年成立中国政法大学时,江老师是本科生院主管教学的副院长。

五十年代初,在学院路新建的"八大学院"里,法大校园原本就是最小的(也有说法认为"八大学院"中不包括法大),经过二十多年的折腾,校园支离破碎,全部加起来也就八九栋楼。尽管当时已复校四年,依然有多家单位占据其中的几栋,北门则常有外面的马车拐进来,校园的路上不时可以看到马粪,因为三环辅路到法大北门时断掉了,所以马车右拐借道,进入学校从东门出去。

在新盖食堂的边上是五号楼,由北京歌舞团、戏曲团等单位占用。清晨时分,经常能听到年轻学员吊嗓子的声音,崔健成大腕儿之后,大家发现就是当年曾在楼道里练歌、在食堂里挤着买饭的小伙子。

法大校园当时确实没有完整的围墙,学校的大铁门也关不上,斜着用一根木棍支撑着。东西南北,都有门可以自由进出。一号到四号楼是所谓的学生宿舍,我们几个从上海来的同学,到达法大的当天,两眼一抹黑,根本没人管。后来找到了先来的同学,与他们在二号楼的宿舍挤着住下。

我思忖等开学了,应该会安排我们,至少分一间宿舍吧。其实,学校压根儿就没有地方给我们这拨人住。

几天后,校人事处处长告诉我们,学校在北三环西路,大钟寺正对面一条小路(当时没有路名,现在叫四道口路)往南一百米的地方,租了一个小院,作为我们的临时宿舍。

小院是海淀区东升乡大钟寺大队为搞活经济,利用闲置空地新盖的三排东西走向的平房。红砖红瓦,每间十多平方米,南北各有一个窗户,放置了三张单人床,可以住两到三人。

我第一次见到室内朝北的窗户又高又小,有人告诉我,北京冬天风大,"针鼻儿大的窟窿,斗大的风",所以朝北的窗户必须小,到时还要用纸把窗框糊上。

一扇双开的紫酱红大铁门,进门右侧是门卫、厕所,有一位村里的大爷做门卫,顺便照看院子、打扫卫生;左侧是水房,里面有一个烧水的小锅炉。

大铁门外正对的是大队的猪圈。正值夏天,那股味儿弥漫整个小院,屋里的苍蝇黑压压趴满半个天花板。开学后,学校给每间屋子安了一个纱门,但对面那味儿始终无

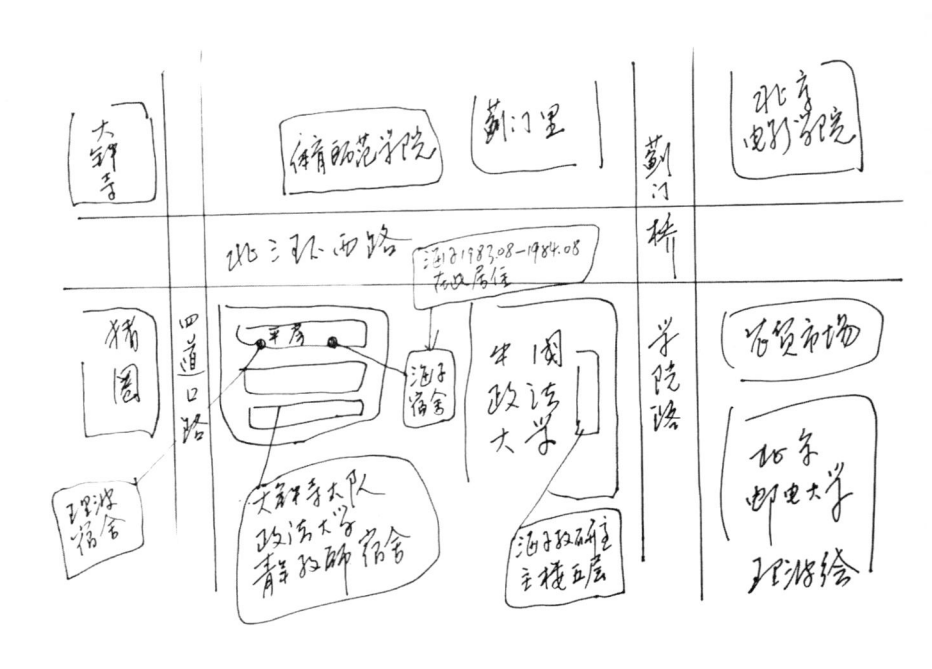

法大青年老师宿舍：大钟寺小院示意图　理波绘

法消除。

每一排房屋有十五间左右,我和查海生都住在左侧靠北的这排,我在第四间,他在往东朝里的第十间左右。

1982年秋天,北京大学法律系大四学生查海生,在河北省石家庄市新华区人民法院民事审判庭实习,协助法官审理了几个离婚案子,实习结束,回到北京。1983年8月底,他带着一个大木箱和生平第一本诗集《小站》,来到了位于海淀区学院路41号 —— 刚成立不久的 —— 中国政法大学。

查海生从1979年到北大上学,已经在北京待了四年了,分配到法大工作的时候他才过十九岁。

拿到钥匙后,查海生直接把他的行李从北大搬了过来。行李中有一个醒目的大木箱,足有一米二长,本色,没有油漆。

查海生在我们这群新分配来的大学生中,年龄最小,个头最矮,圆圆的脸上一脸稚气,留着简单朴实的发型,爱穿一件白衬衫,话也不多,似乎没过几天,在我们中就开始流传他会写诗。

大钟寺小院离学院路校区公交一站地,我们每天徒步沿着三环路往东,过一座铁路桥去上班。我在办公室打杂,没有太多事儿,一般四点左右就回去了,小查一般都会在五点后回来。

先回来的我,时常看见他穿着白衬衫、淡灰色长裤,低着头,一手拎着一个学校发的绿色铁皮暖壶从宿舍那头走出来,路过我的房门,到大门口的水房打开水。那时我们都初来乍到,碰上会打招呼,略微寒暄几句。

过了几个月,住在小院的年轻人便慢慢熟稔起来,有人提议周末聚在一起聊天,还给这种聚会取了一个雅号"白取乐",即英文单词bachelor的谐音,意指大家都是大学毕业,有学士学位,又都还是单身,聚在一起聊天消遣。

小查有时也会被邀来"白取乐",从聊天中,我们对朦胧诗及当时全国各地的所谓"黑道"诗人,开始有了一些了解。大家也知道小查爱写诗,读了不少书。

"残云收夏暑,新雨带秋岚"。9月开学后,院里召集我们这批刚入职的年轻人开会,江平老师是我见到的第一位领导,五十开外,略发福,说话字正腔圆,嗓音浑厚清亮。

应该是因为"北政"变成了"法大",学校亟须扩充教学、教辅人员。仅以华政就分来了二十多人,加上一起分来的其他院校的同学,共有七八十人之多,查海生、唐师曾都在其中。

《中国政法大学校刊》是一张只有四个版面的小报纸，编辑部原本有两名同事，查海生与另外一位文学爱好者的加入，让这份名不见经传的小报开始有了变化。大家会定期读到一些带有文学色彩的内容，由此校刊曾一度备受学生和青年教师的喜爱。编辑部有时还会组织一些诗歌活动，被邀请来作讲座的著名诗人有顾城、刘湛秋等。在校刊编辑的带动下，同学们成立了自己的诗社，查海生被聘为顾问。

编辑部在学校大门右侧七号楼的底层，我们教研室在二层。上班不久，我时不常地会去他们办公室聊会儿天，他们也需要联络老师和学生给他们投稿。喜欢摄影的唐师曾也经常过来串门，他摄影生涯中发表的第一张照片，就是刊登在这份不起眼的小报上。报纸还有一个不定期的栏目叫《青橄榄》，我还应约写过五六篇与读书相关的短文，发在这个栏目上。

小查曾用笔名"扎卡"在校刊上发过几首小诗，法大第一本诗集《青铜浮雕 狂欢节 我》中，刊登了他的长诗《北方》和《女孩子》。后来，校刊又编了一本校园诗集《草绿色的节日》，海子在诗集的第57页《双叶草》栏目中，刊登了《感觉》（九首）。我现在想不起来自己为何会用"黎波"之名在其中的《星星雨》栏目，刊登了一首题为《飞碟》（外一首）的诗。

这本诗集出来以后，有人给了我一本，我碰到海子对他说，《草绿色的节日》的这个"草"字，挺别扭的。他朝我看看，低头笑笑，这是他习惯性的表情。

这些年常有人问："理波，你写诗吗？"

其实，我对这本诗集早已忘得精光。直到有一年在北京，一位当年的学生给我看这本集子的照片，我才想起有这档子事。当年在法大，有不少人写过诗，后来都因为有了海子，几乎再也没有人自认是诗人了，这大概就是所谓的"诗人消灭了诗人"吧。

从那时起，小查开始使用"海子"这个笔名。从此，他多了一个名字。

现实中，他其实有三个名字，查海生、小查、海子。在法大工作关系中，年长者一般都连名带姓地叫他全名；年龄相仿者则一般叫他小查；知道他写诗而且关系比较熟的会喊他"海子"。

在我们认识的头两年中，我称呼其"小查"远多于叫"海子"，后来慢慢认同了他的诗人身份后，越来越多的时候会叫他"海子"，感觉他也很喜欢别人这样称呼他。

他不在场的时候，如果我们在聊天中提到他，还会称"小查"。小查、海子，这两个名字似乎内涵有些不同，尤其是在不同人的嘴里。

称谓的变化也是人际关系的变化，其中会隐含某些微妙的感觉。那些年龄比他大几岁的法大人，很长时间都是认为这个"小查"就是一小屁孩儿，因为他不仅个子不高，年龄也确实小。在后来相当长的一段时间里，他们每次提到海子，还是叫他"小查"。直到近些年，我才发现他们慢慢改称"海子"了。

第二年的春天，我们住的大钟寺小院开始有传言，"小查有女朋友了"。大家没太当真，因为他年龄太小，小到甚至比同住一起的人小了近十岁。自从有了这个传闻，我发现有人见到他时会逗他，他则低头不语，抿嘴一笑。

也是从那以后，我开始知道，该女生1983年入学，是刚成立不久的经济法系的学生，他们是在那年寒假前的学生诗歌活动中认识的。转过年来，1984年上半年的春天里，两人渐渐进入"恋爱"季。就在此时，在校办工作的一个同学，在校园里碰上，笑呵呵地告诉我，"小查'以文会友'，有女朋友了"。

那年，海子写了一首《爱情的故事》：

今天夜晚

语言秘密前行

直到完全沉默

临近暑假的时候,传言我们要搬到昌平去了。

昌平、昌平

> 镜子是摆在桌上的
> 一只碗
> 我的脸
> 是碗中的土豆
> 嘿,从地里长出了
> 这些温暖的骨头
>
> ——《自画像》海子

1984年8月底，我们真的搬到昌平去了。

昌平，当时还叫昌平县，离西北三环三十多公里，在北京北部偏西的方向。从学院路北土城，一路往北，过清河、西三旗、回龙观、沙河、白浮，再往东不远就到县城的地界了。

1983年，"中国政法大学"成立后不久，校领导就开始找地，寻觅了大半年，最后终于决定把新校区落在昌平县城东关外的一片庄稼地里。

在新校区正式建立之前，为了让我们这拨儿和1984年又分来的青年教师先期到达昌平，提升一些人气，同时又有地方住，离开那个整天与猪圈为邻的大钟寺小院，学校在昌平县城西环路、北环路交界处的西侧，新建的西环里小区，买了其中十五号和十六号两栋楼。每栋六层，有七个单元，红色砖墙。在西边两栋楼之间盖了一个食堂，东面则安了铁栅栏和一扇门，由此形成一个围合。

1984年秋季开学前的一个大热天，学校车队的老李师傅，开了一辆破旧大巴，来到大钟寺小院，把我们连人带行李都拉到了昌平县城西环里。那天，海子依旧穿着白衬衫，他把大木箱子放在最后的座位上，个头不高的他在旁边坐着，显得箱子很大。

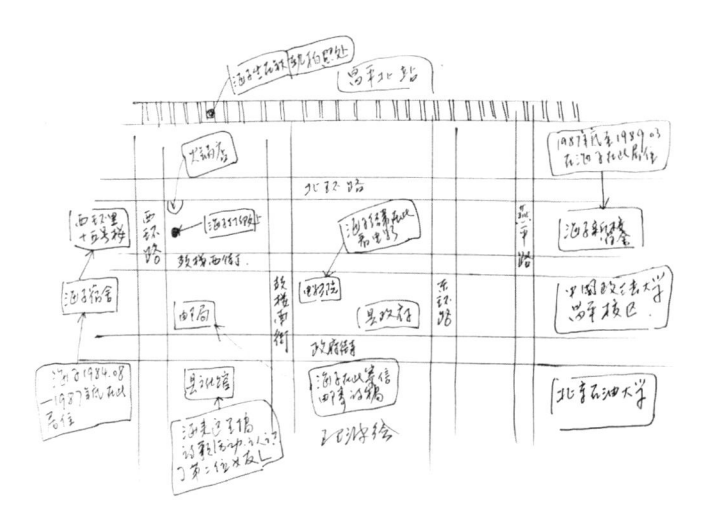

海子昌平居住地示意图　理波绘

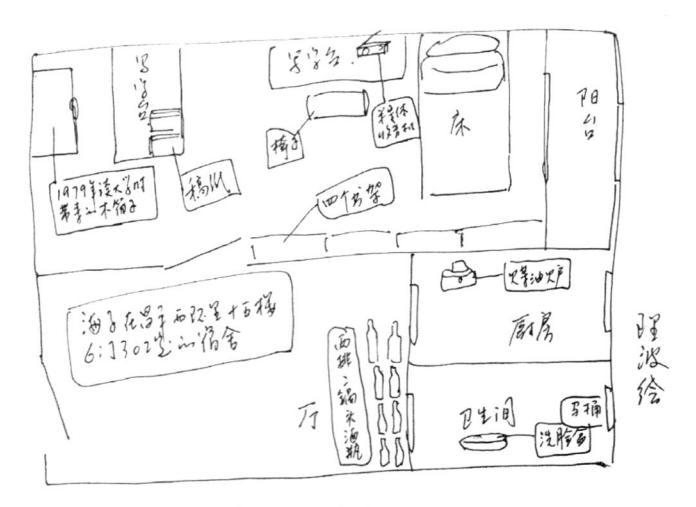

海子昌平西环里居室示意图　理波绘

大巴开上三环，在蓟门桥转向，过清河，沿京昌路一路向北。公路是双向单车道，非机动车道上时常会看到马车，两侧高大的白杨，风吹过能听到哗啦啦的树叶声。

车上没有空调，玻璃窗半开着，不见把手踪影。风吹在我们的脸上，只觉阵阵凉爽。后来，我容易拉肚子，就是因为一早空着肚子坐班车，车窗摇不上，风直往肚子里灌，落下的病根。

大巴一直开到西环里的两栋楼之间，我们拿着事先领到的钥匙，把行李直接搬到了自己的房间。然后去库房里领一张写字台、一把椅子、两个蓝绿色的铁皮书架、一张床板及其绿色的铁管床架。这些都是免费的，算是我们安家的全部家当。

全部安顿妥当，也就到了傍晚时分。

十六号楼是中央政法干部管理学院（当时叫法大进修生院）的学生宿舍，我们住在十五号楼的几个单元里。海子在六单元302号，1985年从西北政法学院分来的常远住在海子的楼上601号，我在七单元的602号。

学校安排两名教师住一套两室一厅的单元房。大家在找室友时，一般都会找一个比较熟悉且在学院路坐班的同事。海子的同屋，应该是他北大的同学。我的同屋是法大

1984年留校，并在法律系办公室工作的同事。记得来看房的那天，我的室友领完了东西，在书架上放了几本书，从此再也没有来过。从实际情况看，坐班的同事多数时间都会住在学院路的办公室，所以我们在西环里的大多数人都是一人住一套，不来住的同屋也不会把自己这间锁上。

海子住的302号，进门是一个四平方米的小厅，北面是厨房厕所，东西各一间卧室，东屋的面积更大一些，海子就住这一间。屋里除了领的床、桌子等用品外，在门边上还放着他的大木箱。厨房是空的，有一个煤油炉和一个自己做的电热丝简易炉，厕所有一个淋浴龙头，但永远只有凉水，所以只能在夏天用。

可就是这样的条件，也比大钟寺小院强多了。刚搬过去的几天，正好天气晴热，我们几乎天天洗澡，傍晚时看到海子头发湿漉漉的就下楼了，手拿两个搪瓷碗去食堂打饭。那阵子，他喜欢穿一件胸前有几道蓝条的T恤、牛仔裤和白色的运动鞋，还没有开始留胡子。

校刊编辑部需要每天坐班，一年多后，海子从校刊调到了哲学教研室，担任讲授美学的老师。那时校内换一个部门很容易，只需要找想去的那个部门领导打个招呼基本就行了。就像我过了三年，从犯罪心理学教研室调到了法律思想史教研室一样。

我们平时不用坐班,除上课外,只要每周二、五两次去学院路校区,参加教研室活动就可以了。

班车就在楼前,早上六点半发车。头几年人不多,晚一点下楼也都会有座。后来,学校在昌平东关征了农民的地,得给他们安排工作,所以有不少农转非人员要去学院路校区上班。从那以后,早上坐班车变成了一件难事,为座位吵架算是家常便饭,甚至还有人动过手,我和海子以及其他老师经常是全程站着。

因此,只要教研室没有什么特别安排,我们就请假不去或中午再去,那会儿中午没有班车,只能坐公交345路,在马甸下车,再换302路到蓟门里下车。

记不清有多少次了,我与海子都是这样进城,然后去学校或去其他地方办事儿。除了学校班车,我们出行的唯一交通工具就是345路公交车。在那个还没有八达岭高速(今京藏高速八达岭段)的年代,漫长且拥挤的车程,让我们把沿途的站名都记得滚瓜烂熟了,如二拨子、朱辛庄、史各庄等,至今都还记忆犹新。

在不进城的日子里,我们在昌平这个典型的、灰色基调的北方小县城,过着一种闲适的、自由的读书生活。

我们的生活常态是晚睡晚起，夏天会在八点左右起床，冬天十点甚至十一点，起来就吃一个现在流行的brunch了。下午和晚上都是读书时间。对海子来说，晚上是写诗的时间，他经常在凌晨两三点睡觉。

如果我们彼此有事，或不想打扰对方，可能连续三四天，整天就是一个人。但大多数情况下，我们会每天或隔一两天见一次。没有手机、没有电话，见面就是直接上门。一般都是傍晚时分，海子在楼下食堂买完饭菜，端着搪瓷碗一边吃一边上楼来找我。

我喜欢自己做饭，很少去食堂。他上来的时候，正好也是我要吃饭的时候，所以我们经常就在一起拼着吃了。有时吃着吃着，隔壁会又来一个两个年轻同事，这样我们就会聚在一起吃。之后，大家就随性而聊，有好多次聊着聊着，话题就展开了，这时也是最为愉快、酣畅的时刻。聊到午夜或下半夜是常有的事。

如果约好看电影或要进城，事前会说好，通常约好时间，在楼下等。

在昌平，就是这样，我们过着平静、规律的生活。

海子会画画吗?

是谁
领我走进这片无边的土地
让黑夜与白天的大脚
轮流踩上我的额头
颅骨里总有沉重的东西
在流动
流动
人和水

——《河流·(一)春秋》海子

自从1984年夏天搬到昌平后,我与海子惺惺相惜,见面逐渐增多,交流的话题也越来越广,就这样连续保持了五年多的密切交往。

现在常有人问,在政法大学那么多青年教师中,为什么唯独海子与你的关系那么密?当有人知道,我除了留有那些照片外,至今还保留着海子给我的诗集油印件和手稿,他们更感到惊讶,有人直呼海子当年也给过他油印的诗集,但早不知哪儿去了!

简单来说,这与我们有共同的阅读、审美和一致的三观有着极大的关系。

那时,我们的人际关系极其简单。在昌平,我们各自都有几个大学同学。此外,就是生活中志趣相投的人。

我与海子虽然学的都是法学专业,但我在入华政学法律之前的很长一段时间里,都在学习美术,八十年代初开始接触现代主义艺术,而海子则从大学时代开始,就热衷于诗歌、文学。我们认识不久,通过交谈,便知道彼此。

"海子几乎没有画过画儿",西川曾说。没错,海子确实没有学过画。2009年,西川在编辑出版《海子诗全集》时,在海子那个大木箱里发现了他曾经画的几张所谓"抽象水墨",并把它们收录在了诗集里。

对于这几张抽象水墨,不仅西川感到纳闷,其他朋友也都在问,海子怎么会有这些画呢?是他为《太阳》系列做的插图吗?回答这些问题,还有一段小故事。

1985年年初,一放寒假,我就回了上海。一天上午,天色昏沉,我去看望中学时代一起画画儿,朝夕相处的同学,当下中国最著名的现代艺术家之一——丁乙。

中学毕业后,丁乙考入上海工艺美术学校,毕业后被分在一家工厂做设计。可他却立志要成为一名职业艺术家,因此不久之后便辞了工作,在复旦大学正门对面右侧的一片农田里,如今的研究生宿舍区,租了一间不到十平方米的农民房作为画室,一心从事艺术创作。

我去的时候,丁乙正好在作画。我一边看他画画,一边和他聊天,等到吃午饭时,他带我到复旦学生食堂,一人买了一个馒头和一盘青菜。这让我稍感意外,才意识到他没了工作,也许生活有些窘迫。

回到画室,我看了他的几幅作品,小心翼翼地对他说,"我给你二十五块钱,拿你一幅画吧",他似乎没有犹豫就答应了。

1993年,丁乙从意大利第45届威尼斯双年展回来,声名鹊起,从默默无闻的画家,开始走向国际艺术的舞台。

就在几年前，丁乙在中央电视台一档访谈节目中说，他的画第一次变成有价的东西，是有人用一听上海咖啡换的。后来，我们再次见面时，我跟他说，"你说得不对，一听上海咖啡才五块钱，我可是给了你二十五块啊，那可是我半个月的工资呢"。我当时的工资是每月五十六块，他发出了爽朗的笑声，贴着我的耳朵小声说，"理波，你没亏"，同时他又说道，"哪天我做回顾展的时候，我付租金给你"，我开玩笑说，"那租金可不便宜啊"。

这是丁乙当年九幅系列作品中的一张，纸质为丙烯材料，一米二乘六十厘米，抽象画。其他几张，他后来告诉我被台湾地区藏家买去了。

寒假结束，我用麻袋布把画包裹得严严实实，坐火车把它带回了北京。八十年代早期，类似的所谓抽象画很少见。挂在我房间里的画，除丁乙的这幅外，还有我自己的两幅。其中，一张是在红蓝油画颜料的底色上，粘贴了一条完整的鲫鱼骨头；另一张是一米五长、五十厘米宽的抽象泼墨。两张作品，一大一小，占据了半个墙面。

有意思的是，但凡到我这儿来过的人看了这些画后，都会嘀咕一句，"这样的画儿，我也会画"，我跟他们说，"是啊，只要你动手就行"。对很多人来说，这三张画应该是他们平生第一次看到所谓的抽象画，都会纳闷画儿还可以这样画？

海子看到这幅画时，笑嘻嘻地说，"嘿，这个有点意思"，我对他说，"你也试试呗！"，意思就是你也可以玩玩啊。好在海子不像有些人，看不懂就拒绝，再讥讽几句。他并不拒绝这些当时不被人们看懂的东西，因为现代性的东西，无论诗歌、小说，还是绘画，内在的精神都是一致的。

我有一套上海人民美术出版社1982年出版的《世界名画欣赏》活页彩色装，一套三册。画册中不仅有古典的，如波提切利的《春》、提香的《花神》、达·芬奇的《蒙娜丽莎》等，还有更多的现代主义作品，如莫奈、塞尚、高更、梵高、马蒂斯、毕加索等人的画作。

这套书是我从上海带到北京的，都放在了书架上。海子看到后借了过去，放在他那儿至少有大半年的时间。当他把画册拿回来的时候，提到尤其喜欢其中鲁本斯的《帕里斯的审判》（1635），此画取材于希腊神话，表现了特洛伊王子帕里斯赠送维纳斯金苹果的故事，还有高更的《塔希提岛的牧歌》（1892）、劳特累克的《梅·贝莉福小姐》（1895）等。他喜欢的几位艺术家，也都是我喜欢的，但令我惊讶的是他竟然会喜欢劳特累克。

我问他:"你怎么会喜欢这个?"我指着劳特累克的画,他说:"你看这个女人的眼睛和嘴,眼光抑郁、嘴角一丝寒意。"确实如此,整个画面用笔稀疏、色彩单薄,着重突出了脸部的刻画。大部分人的欣赏能力,基本都停留在了古典写实主义,海子虽然没有系统看过西方美术史,但他很有艺术直觉。

我还有几本外国美术系列读本,如《西斯莱》《席里柯》《毕加索》等,他都拿回去看过。

我们经常买的一本杂志是上海文艺出版社编辑出版的《外国文艺》,我至今还保留了一些。它除了刊登国外现代主义作家、诗人的作品外,每期还会介绍一位现代派画家的生平和作品。有一期专门介绍深受波洛克影响,被誉为"英国波普艺术的佼佼者"的大卫·霍克尼,还有法国画家杜菲等。现在看来,这些也都是比较小众的艺术家。

在当时相对封闭的情况下,我们知道了许多西方艺术流派、作家和稀有的文学、艺术的前卫信息。可以说,《外国文艺》是海子学习现代西方文学、诗歌的一个重要途径,也是我了解西方现当代绘画的重要来源。

同时,我还比较喜欢看《世界知识》《体育画报》等刊物。我最早知道法国画家——夏加尔,就是在1985年第九期《世界知识》上看到的，文章的题目是《夏加尔——梦幻和抒情的现代画家》，他的作品《散步》《生日》《梦》等代表作也刊登其中。那年的3月28日，九十七岁高龄的夏加尔去世了。

类似的杂志海子有时自己也会在西环里路口的报亭购买，我记得他最喜欢买《中外电影》，封面多是女明星的大头像，里面介绍了很多外国影片，其中有一期刊登的是美国当红影星波姬·小丝。

1986年11月，我跟海子还专门赶到清华大学，参观了由校学生会给两位上海画家米丘、游思举办的画展。他们的绘画是一种抽象水墨，给人耳目一新的感觉。那天还碰上了瘦高个儿的诗人芒克，他喜欢把手背在后面。海子好像在此之前见过他，我是第一次见，彼此寒暄了一会儿，海子的话不多，略带腼腆。

再次见到老芒克，是二十多年后，我提起那次画展，他竟然毫无记忆。

我们进城经常路过新街口豁口的徐悲鸿纪念馆，一起去过也不止一次。按当时的眼光，加上也没有更多的展览可看，看看徐悲鸿的作品感觉也很不错了。此外，我们还一同到北京展览馆看过"苏联现代绘画展览"。

当然，印象最深的还是1988年年底，中国美术馆举办的《中国首次人体油画大展》。那天天色灰蒙，落着小雪，我与海子和几位住在昌平的同事一早坐班车进城，赶到美术馆的时候快十点了，正好是人流高峰，排了足足四十分钟的队才买到票。后来我看到报道说，在一个半月的展览期间，去了五十万人次的观众。

进去以后，右侧二楼大厅，最里面的墙上是中央美院老院长的一幅巨大尺寸的侧卧女裸体，笔法细腻，散发胴体的气息。毫不夸张地说，之前我们谁也没见过这样巨幅的伟大的写实主义作品。画作前人潮涌动，人们不是屏住呼吸就是发出微颤的呼吸声。我们随着人流在这个厅里转了几圈，震撼不已。

有一天，海子带着认真的样子对我说，"我拿你的笔墨砚台，回去练练画吧"，我说"行啊"。就这样，海子那一阵应该没少画，还练了一些毛笔字，总体来看都是一些比较随意率性的"涂鸦"，就是一种"玩"。一边画一边丢，留下的这些，也许他自己觉着还不错。

后来，他在把油印的诗集送给我时，我对他说："等以后你正经出诗集了，我替你画插画吧！"他微微斜着头浅笑道："好啊。"

海子的画稿

远在远方的风比远方更远

收集在《海子诗全集》里的几张插图，笔触有点生疏，但却是海子比较认真画的东西。他没有专门学习过绘画，但对艺术，特别是现代艺术，他并不陌生。海子留下的这些抽象水墨，是他难得的作品。

如风的日子
—— 聊天、听歌、读书

早晨是一只花鹿

踩到我额上

世界多么好

山洞里的野花

顺着我的身子

一直烧到天亮

一直烧到洞外

世界多么好

——《感动》海子

昌平是安静的，西环里是安静的，我们生活在安静里。

海子有一首诗，题为《在昌平的孤独》，"孤独是一只鱼筐……拉到岸上还是一只鱼筐，孤独不可言说"。

于是，有人据此推断海子在昌平的日子是孤独的、悲惨的。西川在《怀念》一文里表示，"他的房间里没有录音机、收音机"，海子确实没有录音机，但他有一个带天线的收音机；"他不会跳舞、游泳，也不会骑自行车"，海子确实不会跳舞，当年我们都不会跳舞，我们也都没有自行车，但并不意味着他不会骑车。另外，还有"更惨"的说法，是说他大学毕业以后，在昌平仅看过一次电影。多年后，我告诉西川，"海子在昌平不是只看过一次电影，而是你们俩一起在昌平只看过一次电影"，西川听后乐了。

从十五号楼朝北望去，不远处是军都山的一个小支脉。"春山无伴，伐木丁丁，山更幽"，在昌平如风的日常生活里，有时是事先约好，有时是偶然碰上，海子与我还有其他一些同学，经常会聚在一起吃饭、喝酒、聊天。

这种扎堆在一起吃饭聊天，通常是在我屋里，我用双喇叭录音机播放一些曲子，作为背景音乐。我有几盘翻录的录音带，包括海顿、莫扎特、斯梅塔纳和马勒的曲子。播放最多的是马勒的《第七交响乐》。

也有一些美国的流行歌曲和音乐，如卡伦·卡朋特、约翰·丹佛的歌。听到好听、喜欢的会反复听好几遍，其中印象最深的要数一个女中音稍带烟嗓唱的英文歌——《世界末日》(*The end of the world*)，至今能依稀记得：

  Why does the sun go on shining

  Why does the sea rush to shore

  Don't they know it's the end of the world

  'cause you don't love me anymore

另外，还有一首节奏明快的《单程车票》(*One way ticket*)。当然，少不了的一定还有邓丽君的歌。这些歌曲、音乐，不断播放、反复聆听，如同在我们粗粝的心坎上细细地打磨。

大家随兴而聊，谈读书心得、谈社会时事。这种聊天如果在周末，通常会聊到天昏地暗，每个人都想把自己的想法掏干，聊到极致。有人会问"今天聊得差不多了吧?"，如果依然有人意犹未尽，那就继续，直到最后互相看看，都感觉差不多了，窗外天色也渐渐亮起，才各自回屋睡觉。

我们搬到昌平不久，在西环路上一家杂货店，我发现竟然有卖"上海咖啡"。圆形铁皮密封装,五块一听。为此,我专门去买了一套带白蓝道的咖啡瓷杯和一个铝皮带内胆、烧起来冒泡的咖啡壶。

海子来我这儿聊天,我就像模像样地煮一壶咖啡,配有方糖、知己。在我这里聊天,喝咖啡也算是一种标配,可惜的是那时没有什么点心之类的东西。

有一次,我刚把咖啡倒好,转身端给海子的时候,碰翻了,洒在了他的白色T恤上。他一脸愁云,我告诉他没关系,水里多泡一会儿,就能洗干净。他立马下楼回去换了一件淡灰色的衬衫。

有音乐、有咖啡。海子来我这里的时候,一般都是在晚饭前后。"嘿,最近又写什么了?"有时我见面就问。"写得不多,这些日子老在看书。"他回答。

在昌平的几年,若说真正的娱乐,应该就是看电影了。有时,海子还会借一辆自行车,自己去看电影。我们那会儿都没有自行车,借自行车,远一点的话,会骑到十三陵水库。

八十年代中期,出版发行的书籍杂志与"文革"时期相比,多多了,但如果与现在比,那又是太少了。

有一个现象,就是我们书架上的书,很多都是一样的。

多少年后，我走进安徽怀宁"海子纪念馆"，看到陈列着他生前的书籍，眼睛不禁有些晕眩，因为有不少一模一样的书同样地摆放在我的书架上。

海子的诗歌创作与他的阅读有着十分密切的关系。文学类的书是他最重要也是最主要的阅读节目，而我则主要阅读一些法律和艺术类的书籍。此外，我们不约而同地会有一些共同的阅读书目，这也是我们几个人聚在一起，能够聊起来的原因。

金观涛、包遵信主编的《走向未来丛书》是我们特别喜欢的一套书。那时国门刚开不久，这套丛书中的许多内容如一盏明灯点亮了人们心底的希望，不仅打开了我们的眼界，更重要的是打开了我们的思想与观念，更教会我们看待社会与世界的方法。

《人的现代化》一书中提出"国家落后也是一种国民的心理状态"，在现代化过程中，最重要的就是人的思想、意识与能力的现代化，这也是我们的共识。谈论这些问题时，海子一般都会在边上，有时手里还端着碗，边吃边聊。

那些年，报纸上、电视上整天说的是"四个现代化"，海子说，"人的现代化是其他现代化的前提，不然都是瞎掰"，他认为只有人现代化了，并从心理、行为转变成现代人格，国家才有可能成为现代化国家。

另一本书《现代物理学与东方神秘主义》出版于1984年，海子进城自己逛书店时买了两本。晚上兴冲冲地来找我，高兴地送了我一本，这是他特别爱读的一本书。1985年左右，我们都在常远的影响下，开始练习打坐。常远告诉我，他的叔爷曾在英国学物理，五十年代初回国后无用武之地，后来开始研究东方神秘主义。由此，我们对所谓的"神秘主义"开始有了一点感性认识。

我们都很认真地研读过《现代物理学与东方神秘主义》这本书，也多次在聊天时与常远谈到这个话题。因为书里涉及的许多概念闻所未闻，诸如相对论、量子理论和基本粒子理论等，从根本上改变了人们对世界的认知，而现代物理学概念与东方宗教哲学思想却有着惊人的相似之处。海森伯曾说，东方传统中的哲学思想与量子力学的哲学本质之间有着某种确定的联系。

"精神与物质分离的想法出现后，有一些哲学家、物理学家开始着重研究物质的运动规律，另有一批人开始注重人的精神世界、灵魂与伦理问题。"我说。

海子说，"十七世纪笛卡尔的哲学就是把人的思维从自身的肉体中剥离出去，作为一种思考是有益的，但后来形成的二元对立的观点,又是有害的"。海子对西方长期以来的哲学传统有着自己的见解。

常远谈到这些问题时,总会耸耸肩,双手比划着,滔滔不绝,"现代物理学,特别是量子理论与东方神秘主义都在强调宇宙的统一性问题。它们认识到,所有事物都是相互联系、统一的,宇宙是生命的有机体,同时是精神的也是物质的"。

1985年7月,常远从西北政法学院毕业,被分配到政法大学的进修生院(后改为中央政法干部管理学院)。他是一位气功练习者,聪明,脑子反应快,小眼大耳,天生一副菩萨相,很快就成了我们的好哥们儿。聚会时常有他的身影,话题也因为他拓展到诸如气功、特异功能、道家、佛学等内容上。有同学、朋友从外地来,我们也会聊起常远与气功。

上海译文出版社出版过一套《当代学术思潮译丛》,其中有普里高津的《从无序到有序》、拉兹洛的《系统、结构和经验》、霍克斯的《结构主义和符号学》以及里夫金的《熵:一种新的世界观》等。除了《未来丛书》之外,这套书是我们谈论最多的话题,也是读得比较认真的几本书。

我第一次知道拉兹洛,就是因为他的《系统、结构和经验》这本书。后来,学校请过中国社会科学院哲学研究所、国际广义进化论研究小组成员闵家胤先生来法大讲座,介绍拉兹洛的学说。闵老师同时也是拉兹洛的"罗马俱乐部"中国地区的主席。那时,应该说知晓"拉兹洛"的人并不多,但在昌平我们这个小圈子里,拉兹洛却是我们常提到的人物。此外,金观涛也热衷于"系统论",他来学校作讲座时,在教学楼五楼的大教室,海子与我都曾去聆听。

"海子你不仅可以做诗人,也可以做一个哲学家啊!"有人对海子说,不过他听到后一般都不言语。我们都知道,拉兹洛没学过哲学,他是一位"卓越的钢琴演奏家",一个少年天才音乐人,十多岁时已蜚声国家乐坛。因此,有时我们会拿海子与之做比较。

社会科学领域不断有新的信息涌入,致使许多人都在谈论"三论",即系统论、控制论、信息论。不过,这方面正经的书并不多,但我们都会在一些杂志上读到相关的介绍文字,比如贝塔朗菲和维纳及信息论之父香农等。

有一次,海子与我聊起诗人施瓦茨,可我对这个所谓的"诗人"一无所知。海子说:"这个奥地利人,'二战'期间来中国,在你们上海住过好多年,在庙里当过和尚,还翻译过《道德经》《西厢记》呢。"后来,我知道他是看了

1984年第四期的《外国文艺》,这期刊登了施瓦茨的四首诗,并对这位对中国抱有好感的汉学家做了简单的介绍。

海子应该是对施瓦茨的一首诗有兴趣:

> 我爬着,不顾死亡,在一切死亡中爬过。
> 月色黄昏,像流淌的脓;
> 世界的脓疮破烂了。现在最时兴的
> 就是死亡。我曾从种种死亡中爬过;
> 那饥饿地潜伏在茅屋后面的死亡;
> 那随尖刀和锁链俱来的小小的死亡;
> 那对自己都不寒而栗的死亡——
> 大规模的死亡。——为了从它手里拯救世界,
> 我不顾死亡,从一切死亡中爬过。
>
> 有一个人死在十字架上,目光暗淡,
> 仰望着苍天。他没有扬起拳头,却把生命当
> 晚餐献给死亡——
> 我也爬过这样的死亡。
>
> ——《死亡》

"一个眼睑在哆嗦,从张开的嘴里涌出沉默",诗人布罗茨基1987年获得诺贝尔文学奖,1987年第六期《外国文艺》及时地刊登了消息。中国人那时不了解布罗茨基,好像也没有其他渠道了解,这是海子与我第一次知道诗人布罗茨基。

1984年,金克木先生出版了一本论文集《比较文化论集》,我与海子在三联书店一人买了一本。书中有七篇谈的是印度上古诗歌总集《梨俱吠陀》,文章论及了其中的宇宙观、咏自然现象的诗、招魂诗等内容。同时,海子还买过一本季羡林写的《罗摩衍那初探》。在我们的交谈中,他提到的古代印度的这些作品,超出了我的阅读范围,为此,我有比较深的记忆。

> 以海为首,从天水中流出,
> 净洗一切,永不休息;
> 因陀罗,持金刚杵英雄,开了道路;
> 水女神,请赐我保护。
> ——《梨俱吠陀·水》

金克木的论著涉及语言学、神话学、诗学领域,海子的研读,对其长诗的写作有着很大的影响。

我们也喜欢看一些杂七杂八的书,去系里开一张介绍信就可以到"内部书店"购书。说起来是替教研室资料室买资料,但买什么书可以由我们自己来定。

我们一起去过西单南口、西绒线胡同,一家"内部书店"。一个不大的门面房,里面都是所谓"内部出版"读物。比较多的是公安部群众出版社出版的有关苏联的政治、外交、文化方面的书。

我们开始知道苏联的一些"持不同政见者",如物理学家萨哈罗夫,诺贝尔文学奖获得者索尔仁尼琴、帕斯捷尔纳克、布罗茨基以及曼德尔施塔姆等,都是在《外国文艺》上读到的。

说起来这是一个有趣的过程,海子经常会提起北京的《今天》和后来被称为"第三代"的诗人,他们当时的一些处境与苏联的这些诗人有许多相像的地方——官方诗歌界不接纳他们,他们的诗都是自己花钱或找人打印成册,在诗歌圈小范围传递交流。五六十年代,莫斯科流传"手抄诗歌杂志",八十年代,中国流行的是"油印诗歌杂志"。

海子提到中国各地的这些诗人时,有时会用"黑道诗人"或"民间诗人"来称呼他们,听上去丝毫没有贬低的意思。

谈到苏联这些诗人,海子总是带有一种敬佩的口气,他说:"在我出生的那一年,布罗茨基被流放到边远的农场。嘿,你们知道判他是什么罪吗?"我们都茫然不知。"法院以'社会寄生虫罪'判他五年徒刑。"在此以后,我们有时谈到一些外地诗人"游手好闲、追逐女孩",便会拿出这个"罪名"来调侃一下"诗人"。

1972年,布罗茨基被放逐美国后,怀乡成为诗歌的重要主题,诗人专注于符号学、词源学上的探究,给海子不少启发和帮助。

布罗茨基有一首《六重奏》写道:

> 让我们来想象一片绝对的空虚。
> 一个没时间的地方。只有空气。在这里,
> 在那里,在第三个方向 —— 纯净、天然、
> 苍白的空气,空气的发祥地:氧、
> 其中确实一无所有,
> 只有一个孤零零的眼睑在哆嗦。

平时的阅读，让海子获得思想的成长，对他的诗歌创作和诗歌观念，产生极大的影响，也正是这些阅读，令我们在昌平度过了每一个简单、平静的日子，并成了我们在昌平的"典型"生活模式。

有些人依据概念化的推断与海子诗歌创作的某些片断，就认定海子在昌平过着贫困、孤独的日子，严格来说，很不准确。并非因为远离北京城区"在昌平"就一定孤独，买书、看书、听歌、聊天也不是贫困所能定义的生活。如果非要说诗人是孤独的，那一定是某种"形而上"的精神感受，每一个追求高品质精神生活的灵魂概莫能外。

"首届法制系统科学研讨会"与"小圆脸"

> 全世界的兄弟们
> 要在麦地里拥抱
> 东方,南方,北方和西方
> 麦地里的四兄弟,好兄弟
> 回顾往昔
> 背诵各自的诗歌
> 要在麦地里拥抱
>
> ——《五月的麦地》海子

1984年，在政法大学研究生和青年教师的组织下，学校成立了一个"法制系统科学研究会"。我与海子都是研究会成员，海子还担任了副秘书长，当红学者金观涛、法大哲学老教授杜汝楫任顾问。由于海子当时还在校刊工作，围绕法制系统研究会的活动，他写了不少相关的报道。

1985年4月26日至28日，中国政法大学主办召开"首届法制系统科学研讨会"，会议在教学楼419教室举行，来自全国各高校、科研单位的参会者有一百多人。

为此，海子专门撰写了一篇论文《从突变理论看国家产生形成和法的作用》。我当时没有看过这篇文章，前些日子我专门找来仔细地阅读了一番。若说文章的结构，还稍欠完整，不过就内容而言，我想象不出当时才二十一岁本科毕业的他，在资讯不发达的年月能写出这样的论文，应当说是相当有分量的。涉及的选题是最前沿的，完全打破了苏式法理学的论述范式和思想，估计当时法理学的老教授们都不一定看得懂。

研讨会开幕那天，以现在的标准看，"规格"相当可以，我藏有那天在法大教学楼前拍的集体照，从大北照相馆专门请来的师傅拍的，照片卷起来放在一个红色的细长盒子里。

现在想来，这次会议应该是我们到法大工作后，第一次参加的大规模的所谓"学术研讨会"，第一次拍这样长的照片，第一次看到这么多大领导、大学者。因此，我精心地保留了照片，这么多年来，它一直放在我的抽屉里、书架上，有时还会拿出来看看，看看里面的人物：钱学森、司法部部长邹瑜、当时的"法学泰斗"张友渔和现在的"法学泰斗"江平、著名学者金观涛、曾任法大副校长的时任司法部教育司司长余叔通等。斗转星移，沉浮变迁，很多著名人物斯人已去，而音貌犹存。

常远当时作为即将从西北政法学院毕业的学生，带着论文参加了会议。虽然他的身份是学生，但十分活跃，加之语速较快，与前来开会的很多人都交上了朋友。海子也是因此与他相识，后来常远来昌平时，我们感觉已经是老朋友了。

但奇怪的是，海子作为研究会副秘书长，同时也在张罗会议的事务，大会开幕拍照的时候，却不知道他去哪儿了，在众多的与会者合影中，竟然没有海子。对此，我也很纳闷。

2014年前后，法大一位教授给我打电话，约我去他办公室。1997年移居上海后，我们已是多年不见。进入校园，来到新盖的办公楼里，教授的办公室一人一间，遥想当年，环顾室内陈设，条件已是换了人间。

交谈中，他告诉我要编一本有关海子的书。好啊，我想海子离世后法大确实还没有人好好写写他呢。

他又说，"到时你给我们写一篇文章，收入这本书"，我一口答应。只见他打开电脑，让我看他的书稿。第一页是书的封面，《海子与法大》，封面上还有一张圆形的头像照片。

看着照片，我一眼断定这不是海子，随口就说"这个不是海子啊！"。他看我这么肯定，就急忙地滚动鼠标，翻过这一页。

"就是，就是，海子就是小圆脸嘛。"他很肯定地说道。"再圆脸，这个也不是海子啊！"我有一点儿急，开始以为他是因为年头长了，搞错了，想帮他纠正。再看他一脸满不在乎的表情，我似乎明白了。

2015年，《海子与法大》一书由中国政法大学出版社出版了。我自己掏钱买了一本，不出所料，封面上赫然印着的所谓"海子头像"，依然是那个"小圆脸"。

我从书柜的抽屉里拿出大会的合影照片，找到站在最后一排一模一样的"小圆脸"，发现原来是研讨会的一位志愿者女生，在她身边的还有几个女同学，她们都是来帮忙做会务的学生。

看着照片上的"小圆脸"，发型也不对，神态气息更不对。可以肯定地说，只要见过海子的或看过海子照片的人，没有人会认为这个封面上的"小圆脸"就是海子。其实，已经有法大人在其文章里，指出了这是一个"错误的公案"。

但我不明白他为何要犯一个如此低级的"错误"。难道仅仅是为了"证明"海子是"系统法学派"的成员？参加了"首届法制系统科学研讨会"？还是另有"隐情"？

静静的夜里，我好像听到海子的声音，"我醉了，我是醉了"（海子诗句）。

"我应该生活在中世纪"

绿马：我多像春天，多像生命，多像万物之灵

红马：我多像国王，多像世界，多像太阳中心

绿马：我不会超出我的季节我就会腐烂

红马：我早已就在我的生命中心开始燃烧

绿马：我开花

红马：我流血

绿马：我结果

红马：我杀人

绿马：我开始在大地上繁衍

红马，你听我唱一支歌

——《太阳·弑·幕间过场一场：第八场》海子

春天来临，暖意骤增。八十年代，北京每年春季都会在劳动人民文化宫举办大型书市，人头攒动，场面热闹。

1987年4月，头几天我们就约好，一早坐班车进城逛书市。与海子一起逛书市是一件愉快的事，我们带着一个网兜，买书如同捕鱼，把买好的书放入网兜，心满意足。海子脸上总是挂着一丝浅笑，我们一边转，他一边向我推荐一些文艺类小说。

在三联书店摊位前，海子指着汤玛斯·伍尔夫（现译成托马斯·沃尔夫）的《天使，望故乡》跟我说，"这个伍尔夫有意思"。此书上、下两册，我顺着他意思买了一套，至今这两本书还静静地躺在我的书架上。书中介绍伍尔夫"不足十六岁便进入南卡罗来纳州州立大学，是全家唯一受高等教育的人"。后来，我发现他书架上已有这套小说，应该是在此前不久买的。

在看到德国作家黑塞的《纳尔齐斯与歌尔德蒙》时，他极力向我推荐，那个口气不容我不买。其实，我对黑塞一无所知，我们一人买了一本，感觉如获至宝。此后，我又买过几本黑塞的诗歌，渐渐地，黑塞成了我最喜欢的诗人之一。

下午回到学院路，去昌平的班车发车时间还早。我们

以梦为马　理波绘

来到法大校门对面的元大都遗址，坐在小月河旁的草地上晒着太阳，随手拿出刚买来的书随意翻阅。我一边翻一边在书上写了几句话："据云：黑塞这个家伙专门喜欢弄些情调，以引起你游戏的兴趣。我的朋友诗人海子非常欣赏他，我今朝和他同游书市，一下子被他的黑胡子所引诱，跟着他（海子）也买了一本。拿回昌平躺在床上，读读看，不知道味道如何！"他看后拿过笔，一声未吭，在我的书上写道，"今天天气很好，我想，我应该生活在中世纪，海子，1987.4.14 又要快到复活节了"。想必他一定是读过黑塞的作品，还非常喜欢。

那天，我还买了一本法国诗人波德莱尔的《恶之花》。

后来，我又买了尼采的《查拉图斯特拉如是说》（文化文艺出版社1987年8月版）。有一阵，我们都在认真地读。我开玩笑地称这个"查拉"是海子的查家"兄弟"。每次说到这个，海子总会露出他经典的微笑。

有趣的是，该书"出版者的话"中最后有一行话，"相信严肃、聪明的读者会用马克思主义的分析眼光，正确地批判吸取"。海子一次调侃道："我不想严肃，我不聪明，也不会分析，我只想吸取，那我会怎么样呢？"我说："那你就是资产阶级自由化分子了。"

八十年代有一段时间，在批判所谓的"资产阶级自由化言论"，出版物上经常会写上一段无奈的话，明知道这些书都是文化经典，出版发行肯定可以有销量，但不写上这几句不痛不痒的话，感觉是做错了事，心里不踏实。

海子读到这些文字，感觉就是废话。

《查拉图斯特拉如是说》是海子特别花工夫研读过的一本书。

有时，我们趁着周二、周五去城里上班，上午办公室开完会，我俩会一块儿去沙滩的中国美术馆，逛逛在朝内大街的三联书店，还有北河沿大街文化部旁的一家民营书店——"都乐书屋"。

如果顾客喜欢的话，"都乐书屋"的女售货员会在他买好的书上盖一个闲章——"德不孤，必有邻"。我跟海子还都挺喜欢这枚印章，付完钱都会让她给盖一个。

从书店出来，在国家文物局红楼的东墙根，开着一家上海风味的餐馆，有生煎包、牛奶、咖喱土豆鸡块饭、酱蛋等。我们都爱吃咖喱鸡饭，再点上两个小凉菜，天热的时候，一人再来一大杯啤酒，一种比大扎小一点的塑料杯，凉爽，痛快。

海子特别喜欢咖喱味儿，每次路过我们都会在这家店吃东西。九十年代初，我与全家人去中国美术馆，出来后我还会带他们去这家店吃东西。

再后来，它与书店都慢慢消失了。

难忘的火锅

> 只有夜晚
> 月亮吸住面孔
>
> 月亮也是古诗中
> 一座旧矿山
>
> 只有一个穿雨衣的陌生人
> 来到这座干旱已久的城
>
> ——《哑脊背》海子

近些年在北京过冬，走在大街上，百泉冻咽、惨雨酸风的日子少了。

可是在四十年前，北京的冬天，那真叫一个冷，朔风凛冽，天寒地坼。

昌平又在北京城往北开外几十公里，在我们住的两幢楼之间经常会有北风呼啸，风在楼中间打转，声音如同虎啸狼嚎。在昌平的那些日子，进入冬季也就进入了冬眠。

1986年，一个寒冷的日子，天色灰蒙，阴冷的空中落下点点细雪。快要放寒假了，我们都会回老家过年。

傍晚，我去找海子，"别做饭了，我们去撮一顿吧？"。海子放下手中正在洗的菜，"好啊"，似乎正中下怀。

于是我俩各拿了五块钱，来到西环路与北环路口的"定陵餐厅"。这是我们附近最大的一家餐厅，有十张桌子，火锅生意特别火。

饥肠辘辘，就着伴有芝麻酱、韭菜花的调料，守着热气腾腾的大铜锅，干掉了三斤鲜嫩的羊肉卷，一瓶红星二锅头没喝完，剩了二两。窗户玻璃上热气腾腾，往下滴着水珠。

可谓"酒足肉饱"，美美的感觉，加上很少在饭馆吃饭，又吃得鲜香温暖，以至这顿饭经常被我们提起，成为美好回忆的瞬间。

说到海子在昌平的生活，有不少文章都会提到一个段子：海子去一个小饭馆，对老板说："我给大家朗读我的诗，你能不能给我来一杯酒？"老板不客气地说："酒可以给你喝，但你别在这儿读。"

这听着好像是个真事儿，其实是一段"美丽的传说"。要知道那时我们一个月的工资，也就六十多块钱，昌平县城（远不是现在的样子）也没有几个饭馆，依据日常生活的情况和海子的性格，他绝不会一个人去饭馆吃饭，更不会一个人在饭馆喝酒。

海子生前，我们从来没听说过这件事，那为什么会有这个故事？它又是从哪里来的呢？

这让我想起了贵州来的诗人马哲，他1986年来到北京后，我这里是他的"常住地"。马哲生性开朗豪爽、恣肆闲逸，有时他会从昌平进城去找各种诗人和朋友。

在北京待了一段时间后，他要回贵州。我们一早坐班车来到学院路，出校门碰上早市正热闹的时候。在小月河畔的地摊儿上，我看到几双咖啡色牛筋底的牛皮短靴，库存货二十五块钱一双。看着马哲脚上的鞋有点破，我便买了两双，他一双我一双，他美滋滋地当场就换上了。

大半年之后，马哲再回北京。我问他："你是怎么回贵州的?"他旋即答道："我骑车回去的。"

我知道他兜里钱不多，他看我将信将疑，又说："我每到一个地方，就会在路边的市场上，停着自行车，手里拿着一张纸，上面写着'我读一首诗，请给一块钱'。"

"有人给吗？"

"有，很多人没见过这种场面，觉得好奇，再说一块钱也不多。"

"可以啊，有点绝活儿啊！"

"只要有十个人给，就十块钱了，我吃饭就够了。"他不无得意地说。

马哲有时在小饭馆里也会故技重演，然后聊自己的经历时，他会把这些"故事"告诉朋友。

海子突然离世，有人把这个"故事"安到了海子头上，有一丝悲凉，也有一丝浪漫。

只可惜海子不是这样的人。他温厚内敛，几分单纯，不像马哲那样外向狂放，更重要的是海子没有这个需要。但人们都喜欢这样的故事发生在诗人身上。

第二年，我有一个芬兰朋友叫雷马丁，带着他的法国女友和一对从芬兰来的朋友到昌平来玩。我事先约了海子，

一座荒凉的城　理波绘

我们六人又在同一个饭馆美美地吃了一顿涮羊肉。

当这几个老外,特别是第一次来中国的汉斯和玛丽亚,知道海子是诗人时,特别意外,好像遇到了知音。海子用英语与他们交谈,聊他的诗歌。这是我第一次领教海子的英语能力,以前从未见他涉及或听他提起。

一顿火锅后,回到我屋里。芬兰哥们儿用他带来的伏特加放上话梅,在我那个简陋的电炉上加热,炮制了一锅"话梅煮酒"。我与海子都是第一次喝这样的酒,感到很好奇。彼时,海子已微醺,我们让他给大家朗诵他的诗,他用略带怀宁口音的声音背诵道:

太阳,吐血的母马
她一头倒在
我身上
我全身起了大火
因此我四肢在空中燃烧,翻腾
碰到一匹匹受伤的马阵亡的马

海子英语水平到底如何?前些年有人问我,除了告诉他们上面那段他与老外聊天的情节外,我还说到另一个故事。

在一个慵懒的午后,我有事去找他。推门进屋,只见他披着灰色的棉夹克,盖着被子,坐在床上,手里拿着纸笔。

我说:"在干吗?写信呢?"

他说:"不是,我在试着翻译狄兰·托马斯的诗。"

以前曾听海子提起过这位英国诗人,但那时国内应该还没有出版过他的完整诗集。

"可以啊,好好翻,可以出一本书啊。"他笑盈盈地说:"看看吧!"后来没有见海子做更多的翻译,但他肯定翻译过一些英文诗。多年后,我读到的狄兰·托马斯的诗:

> 我,出自灵和肉,非人
> 亦非灵,却是必死和灵
> 我被死亡的羽毛击倒在地
> 我终将一死,最后
> 一口长长的气息捎给天父
> 捎去基督临终前的口信
>
> ——《当我敲敲门》狄兰·托马斯

于是在我眼前，海子坐在床上，拿着纸笔的情形，越加清晰。

　　狄兰是他喜欢且深受其影响的一位诗人。

　　上个月，我在复旦大学对面国权路上的一家书店，花了六十八块钱，买了一本2012年11月出版的狄兰·托马斯的《不要温和地走进那个良夜》。付完钱，我拿着这本狄兰的诗集出门时，海子好像站在门外，露着狡黠的表情看着我，又好像在笑我："嘿，理波，你现在越来越喜欢诗歌啦？"

"富人吃肉，穷人泡脚"

他只能在墙外。

看着
镇上的同学
高举花花绿绿的纸条
进去

他只能在墙外

——《小站·第三辑：故乡四题·门》海子

平时，我去海子那里不是很多。

一天，晚饭后不久我去找他，敲了几下门，没人反应，我便直接推门进去（我们有时不锁门或锁坏了）。只见他坐在床上，两脚泡在盆里，手上还拿着一本书。看他乐滋滋的样子，感觉已经泡了一阵子了，我就说："你小子还挺会享受的啊？"

海子晃晃手里的书，不无得意地说："在我们老家，人们都说富人吃肉、穷人泡脚。"

他有一句诗写道，"洗着我的脚像洗着两件兵器"。

他这个比吃肉还舒服的表情，还有他那浅笑，令人至今难忘。应该说，海子是那种比较会照顾自己生活的人，日常生活过得不仅有规律，还有滋有味。

天空晴朗的春秋时节，我们会隔三岔五约好，顺着不远处的山坡，去爬那座不太高的小山。有时我俩，有时会有常远或其他同事一起。

爬到山坡上回望，依稀可见不远处县城里新盖的红砖楼房，朝东看去是昌平北站。秋天漫山遍野的红叶，在阳光下闪着斑驳金光，我们不禁感慨，这阵仗，这气势，一点也不输给香山啊！

1987年年底，我们搬到昌平东关的法大新校区后，从春夏到秋冬，曾多次徒步去十三陵水库。那时正在修建的九龙游乐园刚露出水面，猜不出那是一个什么东西？因为在建过程中还没有成形，看不出模样，也不会想到在水底盖一座作为旅游的所谓"龙宫"。我们常常坐在水库的大坝上，看着湖水的涟漪和远处的山峦，微风拂面……

　　那会儿实行夏令时，太阳落山晚，晚饭后九点多，太阳才慢慢下山。我、海子、常远等还经常会去昌平西关京昌路大转盘的草地，坐在那儿远眺北面的叠嶂山峦与斑斓彩云。因为有常远，我们聊得最多的是气功和特异功能。

　　宁静之中，涟漪的湖水、远方的山峦和空中的云彩，似乎都飘荡着"远在远方的风"。

海子真的生气了?

以及其他的孤独
是柏木之舟中的两个儿子
和所有女儿,围着诗经桑麻沅湘木叶
在爱情中失败
他们是鱼筐中的火苗
沉到水底

拉到岸上还是一只鱼筐
孤独不可言说

——《在昌平的孤独》海子

有人认为，海子性格孤傲、偏执、敏感、倔强；还有人认为，作为诗人的海子，性格豪放，甚至狂野。这种认知都太概念化了，诗人性格并非只有一种模式。其实，现实中的海子并不倔强，更不狂野，而是温厚、随意与率性，还有一些敏感深虑，总的来说是一位温文尔雅、值得信赖的人。极个别情况下才会在谈话中与别人发生争论，甚至脸红脖子粗。

海子守护着自己的"诗歌王国"，有着强大的内心世界，这是真的。他身上有一丝与他人隔绝的味道，不太热衷与人交往，对陌生人就更不用说了，这是他孤傲的一面，但一般人很少察觉到。

在我俩交往中，我没见过他生气，我们之间也几乎从未发生过不开心的事。在一起聊天时，海子经常会朝你淡淡地微笑。在我们之间，我经常提一些动议，比如去看个电影，或去城里转一圈，或去看个展览，或让他来吃个饭、喝点酒，他几乎从不拒绝，一般都会附和。偶尔，若已有安排，他会轻轻地说："今天就算了吧！"

但有一事例外，这是我们之间仅有的一次，也是我至今无法释怀的一件事。

经过几年筹建，1987年，政法大学开始在昌平校区

两个陌生人　理波绘

招生。原本的农田上盖起了一座大学,也给我们青年教师盖了宿舍。年底,海子从西环里搬到了位于东关的学校宿舍。第二年寒假后,我从上海回京不久也搬了过去。我们住四号楼三单元,拿到的是一套全新的两室一厅,没有装修,就是毛坯房,他在401号、我在503号。这样的条件已经比西环里好了不少,我考虑到准备结婚,所以想把房子简单收拾一下。

于是,我在昌平县城离鼓楼不远的一家建材商店里,买了几桶淡绿色的涂料和几把刷子,准备把屋里的墙粉刷一下。

我叫了海子帮我一起刷,他答应了。我负责里屋,他负责外面的厅,两人边刷边聊。没想到还没刷完一间屋,也就是刷了两面墙,他突然有点起急,都没朝我看一眼,说,"以后这种事儿,别找我干",我顿时有点儿蒙,随口就说,"怎么了,找你干点活有什么不行啊",他脸上有点泛红,看样子好像真是不想干了,我便说,"那行,你走吧",他还真的就走了。

之后,我们见面谁也没再提过这件事儿。这是我们交往中,他仅有的一次耍脾气,而且来得很突然,究其原因,我当时想不明白。

后来我才知道，1988年那年骆一禾、西川也都结婚了，所以是我要结婚引起了他的不快吗？从表面上来看应该不会，但从他的内心感受来说，也许会有那么一些说不清道不明的东西。

6月份我结婚后，虽然我们还住在同一个单元的楼上和楼下，但我们见面畅聊的机会自然会减少，难道他预感到了某些境况的出现吗？

从老家回来

河流噢河
再美的爱情也不像花朵
人类的泪水养家糊口
人类的泪水中
鱼群像草一样生长
泪水噢河
整个村庄是我们的儿子
村民像牛一样撞进屋子,亲他的妻子

——《燕子和蛇(组诗·鱼)》海子

1988年寒假后,我回北京不久,北风其凉、雨雪其雾。一天,我吃完午饭去找海子,约他一起去昌平县城买点东西。我敲完他的门先下了楼,在门口等他,寒风扑面。一会儿,他拖着那特有的脚步,穿着那件灰色棉夹克也下了楼。

　　刚回学校不久,还没逮着机会好好聊呢!我随意寒暄道:"怎么样?回老家挺好吧?"他看看我,低着头有点儿闷闷不乐,脸上还挂着一丝愁云。我正纳闷,他急促地说:"嗨,我弟弟说要来北京卖豆腐,你说叫我怎么办哪?""到你这里来?"我问。"是啊,我不知道怎么办。"海子说这句话时,显得有些无可奈何,也有些不太耐烦。

　　后来知道他大弟高考落第在家务农,在他回家过年时,家里人向他提起是否让弟弟去北京做点小买卖。我知道平日里,海子有时会寄一些钱给家里,弟弟考大学,他也挺支持,但要说来北京,住在他这里做小买卖,他肯定难以接受。不过,这件事后来再也没有听他提起过,弟弟也没有来北京。

　　老家的事,海子一般不与别人说起,与我讲起实在实在是内心纠结吧。

　　1988年2月,海子在老家写了一首诗:

山坡上牛羊拥挤

想起你使我眩晕

坐在白雪中

心中的黑暗寒冷

现在，人们看到海子的几张照片，他都留着一些胡子。1983年，我们刚认识那会儿，他还没留胡子，圆圆的脸光滑稚嫩，要知道那时他才十九岁啊。直到1985年前后，他开始留了八十年代诗人的"标准"造型 —— 长发、胡须。当年，在法大只有海子如此打扮，够时尚、够前卫。

春节，他回老家过年，回北京后，我在楼前看到他时，发现他头发剪短了，胡子也没了。习惯了他以往的模样，顿时感到这一变化有点奇怪，忍不住好奇地问："怎么了？你胡子怎么没有了？"他有点不好意思地朝我苦笑着说："嘿嘿，乡亲们受不了！"后来又说到此事，他告诉我："其实我每年回老家，都要把头发剪短、胡子剃掉，因为在老乡们眼里觉得留长发、留胡子不像正经人。"

开始他根本没在意，结果遭到村里不少人的非议，家里人也不断暗示他，所以后来他每次回去，只得忍痛割爱，让乡亲们（包括他父母）看他像个"城里的正经青年"。他在说这些事的时候，自己也在窃窃暗笑。

他在一首《浪子旅程》的诗里写道：

> 我要还家
> 我要转回故乡
> 头上插满鲜花
> 我要在故乡的天空下
> 沉默寡言或大声谈吐
> 我要头上插满故乡的鲜花

从这件事情，我慢慢感到海子内心的矛盾。虽然他在北京已经待了好几年，变成了城里人，再加上写诗，作为一个诗人，他有孤傲的一面，但同时来自农村的背景隐约也在提醒，他是一个农村的孩子。不经意间，海子会流露出一丝他人察觉不到的自卑，内心的冲突时常伴随他，也在不断地塑造着他，更是成为促使他不断创作诗歌的强大内驱力。

> 石头怎么会在荒野的黑暗中胀开
> 石头也会生病　长出鲜花和酒杯

春天复活　理波绘

海子大学毕业前，几个同学帮忙油印了他平生第一本诗集——《小站》。在这本集子里，海子尽情讴歌了他深爱的土地、童年以及儿时的生活。读这些诗，你可以感到农村生活是他人生的底色，对他有着无法抹去的烙印。

海子十五岁考上北大，他父亲请木匠做了一个大木箱，从怀宁出发送他到合肥，然后他一个人去了北京。从此，海子告别农村来到城市，从1979年到1989年在北京生活了整整十年。

他的生活也逐渐有了不少变化。比如衣着，在冬天，海子喜欢穿一件灰色的腈纶棉夹克，里面穿一件大红的毛衣，下面穿牛仔裤、旅游鞋。春秋时节，会穿一件灰色的西服、蓝色的格子衬衫或毛衣，这种穿戴在八十年代算是相当时尚的。

有一次，海子笑呵呵地对我说："在从学院路回昌平的班车上，正好碰见一位主管政工的校头儿，看见我穿着大红毛衣，满肚子不舒服，以半开玩笑的口吻对我说'你比较突出'。"我知道那个头儿，原来是他们系里的老师，这样调侃海子算是比较委婉客气的了。

在我意识里，尽管知道他老家在农村，但很少感觉到他来自农村。因为海子在生活中一向比较爱干净，屋子收拾得比一般人整洁，思想、情感与城市里长大的青年并无差别。但有一点，给我印象特别深的是海子走路时的脚步，与城市里的人不一样。

那时昌平有许多小石子土路，他走路腿不抬高，鞋子拖着地面发出"嚓嚓"的声响，脚后顷刻扬起尘土，如缕缕细烟。我调侃道："你哪儿是走路啊，分明是拖拉机在犁地。"他回头朝我笑道："这是农村生活留下的病根，上高中时晚自习回去，我们同学都这样走路，嘿，感觉好玩着呢。"

每每想起海子的音容笑貌，他那"嚓嚓"的脚步声，总是挥之不去。

日短夜长、路远马亡

谁在这城里快活地走着

我就爱谁

——《城里》海子

溶溶月，淡淡星，微风习习，孤云独闲。

1987年春，有一天晚上九点来钟，海子来我屋里。不记得他有什么事，闲聊了一会儿后，也许我心里惦记着明天在城里的事儿，便临时起意脱口而出："我们去城里吧！"那时进城唯一的公交345路末班车已经结束。他问："怎么去啊？"我说："走着去啊！"他犹豫了一下说"行"，又说，"我回去一下"。

十点，月落星繁。我们从西环里出发，在灰暗的路灯下，沿着无人的京昌路一边聊天一边向城里走去。

"在这个平静漆黑的世界上，难道还会发生什么事。"将近凌晨一点时，到了沙河，我们坐在马路牙子上休息。不一会儿，从南面不远处走来几个联防队员，拿着手电朝我们晃，我想咱又不是"无业盲流"，照什么。我跟海子说："别动，让他们过来。"他们走近后，打量着海子的长发和胡子，感觉异样，便开始盘诘："干什么的？去哪儿？有证件吗？"我们一言不发，海子摸了摸口袋，从兜里掏出红色封面的工作证，他们其中的一个用手电照了照，又朝我们的脸上晃了一下，没发现什么破绽。

我告诉他们，我们要去城里。几个联防队员一脸不解地走了。之后，我对海子说："你小子还挺细心啊，知道回去拿工作证,我是什么都没带。"要知道,三更半夜两个人在大街上溜达,还有人留着胡子,遇上巡逻检查,如果没有证件证明身份,结果会怎么样呢?没准就给你带走了,给单位打电话,核实完了,折腾到天亮你才能走。

海子仰着头,似乎有点得意地说:"当年在北大上学时,有一天晚上我们几个同学在中关村附近溜达,遇上联防队,因为没带学生证,我们几个与他们争了起来。没有证件,他们不相信你们是一些什么人,而且我们其中一个同学剃了一个光头,差一点被带走圈起来。从那以后,外出我一般都注意带好证件。"我说:"是啊,当时你同学光头,现在你又留胡子,都够悬的。"深更半夜,多亏海子心细,回去拿了工作证,不然这一晚又悬了。

四点左右,我们走到了西三旗大转盘,在转盘中央矗立着一尊李自成骑马的雕像。下半夜,凉风瑟瑟,四周空无一人。正所谓"清露坠素辉,明月一何朗",我们坐在草坪上,透着月光抬头看着李自成,只见这位悲剧英雄英武地骑在骏马上。记得海子有一句诗,"月亮的内心站着一匹忧伤的马",难道说的就是这个草莽?

这座雕像原本没有,也就是那几年刚落成。我们还琢磨,为什么要在这个路口立一尊李自成的像呢?当年他应该是从这个方向率部攻入北京的吧。多年后，我再去昌平路过西三旗，发现李自成雕像不见了。后来有人告诉我，李自成雕像被移到了昌平西关转盘，那里也曾是我们夏天常去乘凉的地方。

六点多，天色朦胧，我们走到了北三环。在北太平庄，我们吃了一点豆浆、油饼。然后我去了城里，海子去了学校。

这一趟，三十多公里，我们走了八个小时。

暮色苍茫、乱云飞渡

我怀抱妻子

就像水儿抱鱼

我一边伸出手去

试着摸到小雨水,并且嘴唇开花

……

小雨失踪后

水将合拢

没有人明白她水上

是妻子水下是鱼

——《妻子和鱼》海子

单翅鸟　理波绘

在过去漫长的时间里,我渐渐地成为诗人的粉丝,买诗集、读诗歌,不知不觉中成了一个诗歌爱好者。

前些日子,在上海一个诗人聚会的饭局上,我聊了一些诗歌界的逸事,在座的几位诗人都有几分好奇。我告诉他们,如果我对诗人、诗歌、诗歌界有一点了解的话,那么,最早都是来自海子。

隆冬过后,天气转暖,我们在昌平的日子也活跃了起来,经常在一起吃饭喝酒。一天晚饭后,我们四五个人在一起聊天,海子突然来了兴趣,跟我们说:"你们知道吗,最近在四川峨眉山搞了一次全国艳诗大赛,各地高手云集。"他顿了一下接着说:"你们知道是哪一首夺魁了吗?"大家都一脸茫然。"你们肯定猜不到,大赛快结束的时候,有一个拄拐杖的哥们儿,上台朗诵了一首诗,台下一片欢呼,最后他拿了第一名。"这是我们上学时语文课本里的一首诗,几乎无人不晓,大家都能张口就来。可是被安了这样一个帽子,意思全变了,我们顿时个个表情都亮了。转眼又想八成是开玩笑的吧?海子却一本正经地说:"是真的,那天去了好多人。"

后来我得知这首诗里的句子,其实来自晚清的一本叫《花荫露》的书,其原句是"天生一个神仙洞,无限风光在玉峰"。

  对海子提到的所谓"艳诗大赛"的真伪,我一直半信半疑。不过,经"大赛"朗诵和海子诠释出的黑色幽默,令大伙都很开心,也让我们感到海子可爱、有趣的一面。

静悄悄的书房

> 人们把你放在村庄
> 秋风吹拂的北方
> 神祇从四方而来　往八方而去
> 经过这座村庄后杳无音信
>
> ——《太阳·土地篇：第九章　家园（9月。秋。）》海子

在昌平县城，海子住过两个地方。1984年暑假后，刚到昌平时住在西环里十五号楼，六单元302号；1987年年底搬到了政法大学昌平校区的教工家属院，住五号楼三单元401号。这两处房都是老式单元房，两室一个小厅，总面积也就四十平方米左右。

说起来，海子的书房并没有什么特别之处。在昌平的五年里，有四年住在西环里，因此我这里所说"他的书房"指的是西环里的房间。

推开302号的房门，可以看到厨房边的墙角有一尊他从西藏带回来的石头佛像和两排摆放整齐的红星二锅头空酒瓶。第一次看到那块石头时，我问他："这佛像可是一个老东西啊，你在哪儿买的?"那时，我还没去过西藏，对那里什么感觉也没有，只是随口问问，可他却神秘兮兮地斜着头说："那是我从庙里顺来的。"对此，我当时想大概西藏遍地都有这东西，也没啥稀罕。一块一尺见方的石块，分量不轻，放在包里一路从西藏背回来，可见是他十分喜欢的东西。多年后，再看到这尊佛像时，已经被镶嵌在了海子墓碑的基石旁了，边上的荒草在微风中摇曳。

进屋左手边有一张写字台，靠阳台处放着一张单人铁架子床，床边又有一张写字台。对着墙放有四个湖蓝色的铁皮书架,那个从老家带来的本色木箱放在了书架边上的墙角处。

海子的屋子收拾得出奇地干净整齐,依我看,比百分之九十的人的房间要干净。这诗歌的产房,可谓虚室生白。书架上的书叠放整齐,最醒目的或最多的书是外国文学、诗歌和哲学,其次是中国哲学、文学,还有一些画册、《世界电影》之类的画报与杂志。我借给他的几本画册,很长时间就放在他的书架上,有一阵在书架旁,还挂着一幅尺寸不大、他从西藏带回来的唐卡。

最早在书架上还能看到一些与法律有关的书,后来越来越少。我曾问他:"法律方面的书,你放哪儿了?"他的回答让我有一些吃惊:"法律的书都扔在床底了。你不知道吧?搬家对我来说就是扔书,特别是法律的书,几次下来就扔得差不多了。"说完,他还颇有几分得意,不过说实在的,那时确实也没有什么有质量的法学书籍。

靠床的桌子上,有一盏绿色的铁皮罩子台灯和一个不大的半导体收音机,门边的桌子上则用来堆放稿纸。所谓"稿纸"有两种,一种是印有红色"中国政法大学"抬头的信纸,他给我的《生日颂》就写在这样的信纸上;还有一种是两张A4纸大小的方格子稿纸,这些稿纸在教研室可以随意领取。

桌上的两摞稿纸足有一尺多高，弄得整整齐齐，上面盖了一张厚厚的黑纸。有一次我问他："你干吗把这个稿纸弄成这样？"他笑嘻嘻地并有几分得意地说："我坐在这边的时候，看见那摞稿纸，就有一种想把它消灭掉的感觉。"他用的是"消灭"两字，显示出一种对写作的渴望。也许他在诗歌创作的状态中，看见那些稿纸就会兴奋。确实是，我知道他有时一个晚上就可能"消灭"掉很多张稿纸，甚至是一刀。

2011年夏天，当我再次走进那座楼、那个单元、那间房间时，海子的一切似乎依稀还在。仿佛还能听到他清晰的说话声，还能看到他的身影……时光流转，只是不见当年的海子。

"有时我孤独一人坐在麦地为众兄弟背诵中国诗歌，没有了眼睛也没有嘴唇。"其实，海子不孤独，孤独的是他死后的诗与读诗的人们。

"诗歌烈士"照的来历

钟
打击在这个浅薄的时间
除了死亡
还能收获什么
除了死得惨烈
还能怎样辉煌
于是他拖火的身体倒栽而下
太阳之浪掀起他的身躯,颠倒了
昏迷的天空
于是他
一直穿过断岩之片、断鹿之血
笔直堕入地狱
地狱在我的拥抱和填塞中
轰轰肉体抖动如雷
"大荒野上
撕头作歌的
是否记得我"

——《太阳·断头篇·第二场：拖火的身体倒栽而下》海子

1986年，贵州诗人马哲云游上海，与诗人孟浪、郁郁、刘漫流等人见面。在此期间，他还认识了我中学时代一起学习美术的同学汪谷青，汪谷青可是当时上海"八五艺术新潮"的先锋人物。

汪谷青知道他要到北京来，旋即大手一挥对马哲说："去北京找理波吧！"于是，马哲下了火车，一脸风尘，直接找到了学院路的政法大学。他敲办公室的门，我正好在教研室开会，他看见我出来，开口说道："是上海的谷青让我来找你，我叫马哲。"

我听到是汪谷青的朋友，二话没说，"你等一会儿，我们开完会，一起去昌平"，不知他去哪儿转悠了一个多小时，等他再来时正好也是坐班车的时候。

班车上，马哲简单介绍了自己的情况，他来北京就是想见识一下各路诗歌大神。没等他进一步开口，我就说："没问题，你就住我昌平的宿舍吧。虽然离城里有点远，但有班车。"

下车后，我在西环里小区门口的副食店买了一些熟食，晚上我们一人吃了一碗鸡蛋面，还有粉肠、小肚，喝了一点二锅头。他一边跟我聊起上海诗歌界的情况和他认识的朋友，一边从书包里拿出一本上海诗人郁郁主编的民间诗刊《大陆》。这本《大陆》里除了收集上海诗人王小龙、孟浪、刘漫流、陈东东、张真等人的作品外,还收集了现在看来都是重量级的全国各地诗人的作品,如严力、西川、翟永明、廖亦武等。

我在《大陆》里看到了海子的诗《我病了》,刊登在诗集《鼎立之势》栏目中。居然还有海子的诗,这是我第一次看到海子的诗被别人刊登出来,我兴奋地对马哲说:"这里边还有海子的诗啊,他就住在我们隔壁呢。"他有点惊讶,表示马上就要去找海子,我说"不急,有的是时间"。第二天下午,我带马哲去见海子,他拿了一本《大陆》送给了海子。晚上,我们一起吃饭、喝酒、聊诗。将近两年的光景,马哲一直住在我这里。

秋天里的一个下午,阳光明媚、万里无云。海子、马哲和我,相约徒步去明十三陵。我们先翻过西环里旁的小山坡,来到一个小村庄。要走出村庄的时候,我看到村边的空地堆了一堆原木,侧面看似一个个圆圈的图案。我对海子说"来,给你拍张坐着的",他张开双臂搭在木头上,微笑,穿着他喜欢的蓝色毛衣和浅灰色西服。

离开小村,在通往十三陵的路上,不远就是十三陵的大宫门(亦称"大红门")。在强烈的阳光之下,大宫门红色的墙体在蓝天衬映下格外鲜亮。马哲似乎被感染来了情绪，一个箭步跳上墙边的台阶，摆了一个"革命烈士"英勇就义的姿势，我说"别动，我给你照一张"。

给马哲拍完后，海子也模仿他的姿势，神情严肃，摆成一个"大"字，手里拿着我平时戴的那顶浅蓝格子鸭舌帽，我迅速摁下快门，连同他那一头被吹散的乱发，凝固成了永恒的瞬间。当时，他俩都觉得不错，让我也摆这个姿势照一张，我觉着这个动作好像"壮烈"了一点，更适合他们这样的诗人，所以仅仅是站着靠在红墙上，海子遂给我拍了一张表情严肃的立像。

如今，海子这张照片广为流传，并印在了西川编的《海子诗全集》的扉页上，似乎成为海子的独特象征。

著名艺术评论家朱其先生撰文道："理波拍摄的一张海子张开双手拥抱远方的摄影，在诗界内外广为流传。这件可以载入八十年代摄影史的摄影作品，不仅成为了海子一个标志性的摄影符号，事实上，亦被视为象征着一个时代的落寞而悲情的文化精神。"

多年后，这张照片被安置在了安徽怀宁查湾"海子纪念馆"的正中央。开馆后不久，我专门驱车从上海到了查湾。海子弟弟推开纪念馆大门，扑面而来的就是这张被放大的巨幅照片,我伸手可以触摸到海子的脸颊。顷刻,我所有的情绪都被笼罩在其间。

这让我记起海子的一首诗《我请求:雨》:

我请求熄灭
生铁的光、爱人的光和阳光
我请求下雨
我请求
在夜里死去

我请求在早上
你碰见
埋我的人

岁月的尘埃无边
秋天
我请求:
下一场雨
洗清我的骨头

我的眼睛合上

我请求：

雨

雨是一生的错过

雨是悲欢离合

  人们为何如此喜欢这张照片呢？是海子凝重的神情？是诗人不羁的狂放姿态？还是暗合了后来"英雄就义"的意象？它给了人们太多想象的空间。

  说实在的，拍这张照片并没有太多的"设计"。蓝天下，红墙边，他们顷刻间迸发出的是一种生命的豪迈。在这一刹那，死亡的体验在马哲与海子的意识中闪过，穿越了时空。我拍下的正是这种生命精神与死亡意识相会的瞬间。我没有这一刻的风云际会，海子为我拍下的则是一个思虑的神情。

  摄影的奥秘是，瞬间即为永恒。照片冲印出来后，我把两张色彩鲜艳的照片分别给了他俩。

  我惊愕的是再次看到海子这张照片，是在1991年一个周末下午去岳父家的路上，在北太平庄副食品店门口的一个书刊地摊上，我随手拿起一本青年杂志，发现刊登了一篇谈论海子的文章，同时配的插图就是这张照片，但已经变成了一张黑白照，而原本我给海子的是一张彩照。这张照片的底片，一直放在我一堆底片里。几经搬家，这包东西因为里面有这张照片的底片，我一直小心翼翼地保存着。不过，也许是懒，也许是一种无名的感觉，我一直没有找出这张底片，因为每当有人让我去找这张底片时，总有一个声音在提醒我：不要去找。

海子手上的那张彩照，现在会在哪儿呢？他离世前把这张彩照与他的诗稿一起都放在了他的那个大木箱里了，里面还有我给他的信件。他为此专门立有遗嘱，把这个大木箱里的诗稿等物品交给骆一禾。骆一禾在海子去世后不久，就多方联络，筹划为他出诗集。在1989年5月11日，他在给某出版社的一位"师姐"的信中写道："附上海子的一张照片，虽然是横向的，但在能找到的照片里，这张最传神，他有一首诗歌给兰波，名为《诗歌烈士》，这张照片表达了这种人格，就用它吧。"

可以推测，这张照片是从这位出版社的"师姐"那里流传出来的。但一张彩照为什么会变成一张黑白照了呢？我想这可能是囿于当时有限的印刷条件。

巧的是，那天我走进岳父家时，一眼看到老丈人戴着的那顶帽子就是海子手里拿的那顶鸭舌帽（九十年代后我就把这顶帽子送给岳父了），我开玩笑道："这顶帽子不能再戴了，以后要成文物了。"

2023年4月，由国内外上百家画廊参加的"影像上海艺术博览会"（Photo Fairs Shanghai）在上海展览中心举行。国内著名图片画廊"映画廊"制作了这张海子"英雄就义"照的铂金版图像，首次以图片作品的形式向社会展出。四天的展会结束后，映画廊艺术总监兼首席执行官那日松先生告诉我："理波，你这幅作品大受观众喜欢，成了这次艺博会的销冠王了！"我自然高兴，但我说："还是因为诗人的影响力大啊。"

……

秋风四起，道路两旁高大的白杨，光影婆娑。从大红门再往前直行不远，我们来到十三陵神路。石人石兽，造型逼真，形象生动，立在道路的两侧。在文官雕像前，马哲为我和海子在一起拍了一张合影。

照片中的海子，神情轻松愉快，面带浅笑。可能是海子站立的位置关系，看上去好像和我一般高，实际上，他要比我矮一些。随后，我们步行到明定陵。转了一圈后，从十三陵水库方向回到西环里。

晚上,我叫了隔壁的同学一起做了几个菜,喝了几瓶"果子酒"——一种勾兑的果味儿酒——用北京话说叫"色酒",音发"shǎi jiǔ"。

海子在给我的诗里说:"痛苦也是酒精,我们全都沉浸其中,只是分给每个人的酒杯不同。"

那晚,我们应该都睡得很香。

荒凉的山岗上站着四姐妹

你在早上
碰落的第一滴露水
肯定和你的爱人有关
你在中午饮马
在一枝青丫下稍立片刻
也和她有关
你在暮色中
坐在屋子里,不动
还是与她有关

——《房屋》海子

在《春天》这首诗里，海子写道：

> 天空辽阔
> 低垂黄昏
> 人类破碎
> 我内心混沌一片
> 我面对着春天
> 我就是她的鲜血和黑暗

海子与几位恋人蚀骨的情感体验，都融化在他的诗歌里了。现在大家主要聚焦两首诗歌来研究海子的恋情。一首是《日记》，其中最后一句，"姐姐，今夜我不关心人类，我只想你"，令无数人动容。另一首是《四姐妹》，他写道："我爱过的这糊涂的四姐妹啊！光芒四射的四姐妹。"据此，很多人都认为海子一生中与四个女人有过感情的瓜葛。

应该说，海子喜欢过的女人不止四个，但对其情感、诗歌甚至生命，有过巨大影响的只有两个。"四姐妹"更多的是一种诗歌化的语言表达，当然我也相信海子在告别尘世前不久写下的"四姐妹"，不排除有现实的指向意义。

四姐妹　理波绘

我想说的是，在他不长的生命里，其情感的发展是一种非线性的呈现，自有其特点。

可以想象，一个早熟早慧的少年，十五岁就进入了北京大学就读。他的同学后来回忆道，法律系这一届没有一个女生比他年龄小，全校的79级好像也只有一位比他小的女生。这在他的意识与情感世界里会是一个什么样的景象？他周边的女同学都比他年龄大，如果他喜欢某个女同学那一定是"姐姐"。我曾逗他说："刚上学那会儿你太小，估计你暗恋过的女生一定是个姐姐吧？"他低着头，红着脸，一言不发。

他过世后，我隐约听到他的同学说起类似的故事，他暗暗地喜欢一个比他大好几岁的"姐姐"。

他在大学期间写的一首诗里说：

> 我们的少女很美。
> 她带给我们的故事也很美，
> 她来自一条河流的近旁。

这些应该属于情窦初开的朦胧意象。

六年前，我在美国纽约，当年法大的女生，海子初恋的闺蜜,坐火车从罗得岛州的普罗维登斯来看我,我们约在曼哈顿东五十七街附近的一家"纯素"(Vegan)餐馆见面。刚落座她就告诉我:"孙老师,我打电话给小A了,告诉她您在纽约呢!"

"她也在纽约吗?"我问。"没有,她不在美国,不过离这边也不远,我告诉她您来了!"

"你们一直都有联系吗?"她回答:"是的,去年她来纽约,我们还见过面。"随后,她拿出手机,给我看她俩在中央公园中心湖边的一张合影,我说:"你们俩变化都不大啊!"

她又说:"我给她电话是想让她过来,我们可以一起见面。但我感觉她担心见到您,会提起海子,她没吭声。"我说:"没事儿,以后还有机会!"

走出餐厅,华灯初放,百老汇大街,行人熙熙攘攘。她要赶着去位于曼哈顿中城的宾夕法尼亚车站坐火车回去了。相聚时间不长,但我们的话题没有离开过法大,也没有离开过海子。

小A是中国政法大学1983年秋季入学的一个来自北方的女生,与我们这批青年教师几乎同时进入法大校园。那年,海子十九岁,她也就是十七或十八岁。开学不久,新生都热衷于组织一些社团活动,学生会成立了诗社。海子被学生邀请做诗社的顾问。在学生会组织的活动上,他们以诗相会,时间应该是在1983年的秋冬。

现在传说他们是在课堂里认识的,说海子在课堂上给学生朗诵诗歌,问学生你们喜欢哪位诗人,一位女生腼腆地站起来回答,"我喜欢海子的诗"。这里有一个重要的时空节点,证明他们不可能在课堂上认识。一是他们认识时,海子还在校报工作,不可能上课;二是1985年年初,海子调到哲学教研室教美学,那女生则在经济法系就读。所以,即使后来海子上课也不会与她在课堂上认识,所教所学没有关联。

不过,说他们在课堂上相识,是一个美好浪漫的传说,我真的不忍心打破它。

>　　秋天来到
>
>　　一切难忘
>
>　　好像两只羊羔在途中相遇

小A个子不高、大眼睛、圆圆的脸庞,留有一个扎得高高的马尾巴,清纯干练。酷似当年热播的日本电视剧

《排球女将》里的主角小鹿纯子。

1984年暑假后,我们搬到昌平,发现海子有时和小A一起来坐班车回昌平。他俩坐在一个两人的位置上,海子在靠过道一侧。我们会拿他开玩笑,海子总是狡黠一笑。

海子与她有过一段深刻的情感交往,但时间并不是很长,前后大概一年半。说起来他们也是一种"师生恋",但俩人岁数都不大,所以他们的恋爱在校园内静悄悄地进行着。

那段时间,海子爱情诗的写作明显增多,也为小A写了不少诗。在《海子诗全集》里有一些,她手上应该还有一些。海子体验着爱情的美丽。

> 活在这珍贵的人间
> 人类和植物一样幸福
> 爱情和雨水一样幸福

海子死后,有人认为他是因为这个女孩而死。在西川的一篇文章中,他在分析海子死因时,说到海子去山海关之前的那个周五,小A回了一次法大,海子见到她,她不太搭理他。海子不爽,与哥们儿喝酒,酒后说了一些不该说的话。第二天酒醒后,海子十分自责,于是就……1987年6月毕业后,小A在同年11月回过一次法大,这次他们应该见过面。

说实在的,在昌平、在法大,能与海子喝酒的人没有几个。如果真是在他死之前的一周内喝过一次大酒,并在酒后说过胡话,恰好几天后他意外死亡,与他喝酒的同学或同事一定会说出这个惊人的情节。可惜的是,几十年过去了,我从来没有听说有谁提到过这件事。

2002年冬天我去北京,西川请我在丽都饭店吃饭。聊起小A,他告诉我:"去年,她通过她的朋友,约我一起吃饭,我不想再提及过去的伤心往事,便没问及这段细节。"

我告诉西川,1989年3月,那段时间我妻子在坐月子,所以我没在昌平,住在城里岳父家。就在海子离世前一周的周五下午,我骑车到学院路刚进校门,就见到海子从教学楼里出来。他走下台阶,我停好自行车,看见他手上拿着一张A4大小的纸,我问他:"你干吗呢?"他有一点气鼓鼓地甩了甩手上的纸,说道:"评职称,他们也不告诉我一声!"我急切地说:"评职称要你自己盯着的啊,不然谁管你啊!"他继续说道:"走,我们回昌平去吧。"

我有点抱歉地说:"今天不行,还得回城里,要照看孩子呢！"说这话的时候，我儿子才出生没几天。于是，他拿着那张表格走向班车，我回头望着他的背影。这是他留给我的最后一个画面。我心里茫然，想着下周回昌平与他见面。

我说这些给西川听是想说明，他赴死一周前应该一切都还正常。

海子与小Ａ为何分手？在我看来，主要是性格原因，他俩个性都比较强，加上年龄毕竟都还小。他俩的"爱情故事"更多的是我们后来在海子诗歌里感受到的，在当时的日子里，大家并没有太多地关注。也有人说，是因为女生的父母嫌弃海子的出身背景、大学老师的身份等。其实这更多是一些猜测，当时海子与小Ａ都在二十岁上下，远没有到谈婚论嫁的时候，仅仅是一种"校园恋爱"，只有他们自己深情投入，周边同学、同事也都只是隐约知道，小Ａ的父母可能都不知道。因为按照那时的风气，学校虽然没有明文规定不允许谈恋爱，但也不鼓励，一般父母知道自己的孩子在大学期间恋爱，尤其是女生家长大多数都会反对，认为恋爱会影响学习。

在后来的日子里，我俩在聊到一些与感情有关的话题时，每每提及这女孩，因为是海子的初恋，他都会流露出无以言说的惋惜的神情。

小A是一个聪明、活泼的人，我想她应该会保留一些海子尚未发表的诗稿。海子去世后，有人根据海子的诗歌索引他们之间的关系，夹杂许多道听途说，甚至是臆想。

前几年，她来北京与同学聚会。几十年时光流逝，我看到她的照片，神态未曾改变，笑容依然带有几分纯真……

1986年春，在昌平的一位诗人，介绍海子去参加昌平县文化馆的文化节。那天他回来碰到我说，"我去昌平文化馆了"，并简单地跟我介绍了一些文化节的情况，文化馆还给他颁发了文艺创作一等奖。就是在这次活动中，他认识了在文化馆工作的一个女孩。此后不久，有一次我去海子的房间，看见两个女孩，因为没有多余的椅子，俩姑娘坐在床沿上，海子则坐在她们对面的椅子上。

海子给我介绍，其中一个叫小Y。两个女孩个子都不高，短发圆脸，长得有些相似。过了一些日子，几次在海子那儿看到小Y，就她一个人。我便对他开玩笑地说，"现在终于有人帮你做饭了"，他笑而不答。

小Y还真是比较关心海子，经常帮他做饭、洗衣服。大半年后，有一阵子再没见小Y来，我就问："怎么不见小

Y啊?"他脱口而出:"算了。"

"这女孩儿不错啊,有人给你做饭、收拾,不是挺好吗?"他瞟我一眼:"她老着急结婚。"

看年龄,结婚好像是早一点,但也不是完全不行。不过我觉得,海子说这话的意思,是他还没有结婚的想法,这是问题的核心。

从一般角度看,小Y持家过日子应该挺不错,见过她的人都有同感。不过,由于她与海子在一起的时间不长,见过小Y的人并不多。后来,有人告诉我小Y之后调到法大工作了,有人试图与她提海子,她没有搭话。

有一种短暂的邂逅,是酒后的遭遇或是一段激情。海子去世后,有人说在四川,也有人说在西藏,海子有一位女朋友。在他生前,从来没有人提及这些。但我相信,会有这样一个女子,在海子的生活中存在。同时,我相信这样的传言,应该是"她"在海子死后说出来的,只是传多了、传走样了,再后来就是以讹传讹了。

两人关系究竟如何?无人知晓。大概也是一段"美丽的传说"。

我在想,说不定哪天会有所谓海子"情诗遗稿或书信"面世。如果真是这样,我们就好好读读吧!一定会很精彩。

不然，这样的传说，对海子诗歌或人生而言并无意义。

如果说这也是他的情史，那我还可以说出一些故事，"眺望北方和北方的七位女儿"，在我看来，海子短暂的人生，其生命与爱的体验，丰富而曲折。

因为著名的诗篇《日记》，所以在海子交往的女性中出现了一个"姐姐"。但在他生前，几乎没有人知道海子有一个所谓"姐姐"的存在。海子死后迅速有人传言，并争相传说他们的故事。他们认识应该很早，但彼此情感的推进是一个缓慢的过程。

海子和她有一段比较深厚且情感特殊的经历，至于有多久，我估计有两年的时间吧。

海子有一张举着手、咧着大嘴笑的照片，还有一张坐着的照片，都是出自这位"姐姐"之手。

前文中我说过，海子十五岁到北京，在他成长过程中，周边几乎所有女性都比他年龄大，也正是因为这，他喜欢一位"姐姐"也在情理之中。

在他们的交往中，海子创作的不少诗歌都是与她有关的。有一首诗《给萨福》，"我听见青年中时时传言道：萨福"。我想海子所倾心的人，确实有萨福的影子。

有一年海子在去西藏的途中，特地去看望度假中的

"姐姐"。她告诉海子坐车到"跳伞塔"那站下,看见塔,就能找到她了。

海子回到北京后写了一首诗,题目叫《跳伞塔》。

我在一个北方的寂寞的上午
一个北方的上午
思念一个人

我是一些诗歌草稿
你是一首诗

我想抱着满山火红的杜鹃花
走入静静的跳伞塔
……
美丽总是使我沉醉
……
静静的跳伞塔
心醉的屋子　你打开门
让我永远在这幸福的门中

跳伞塔　理波绘

荒凉的山岗上站着四姐妹

海子离世二十多年后,我去香港出差,回途中从罗湖入关至南方的某座城市。我约"姐姐"见面,转眼我们也是一别多年,坐在我对面,她深情地提起这首诗,我分明发现她眼里的泪水,只是不知是幸福,还是悲伤。这次聊天,没想到"姐姐"还知道不少我当年在昌平的生活情况。我有一些诧异,心想肯定是海子告诉她的,但我还是故意地问:"你怎么知道的?"她顺口说道:"都是海子说的啊!"

"他没有说我做过什么坏事吧?""没有,没有啊!"她急切地说。

她告诉我:"那年,海子从西藏回来,拿了一串绿松石、抄了一份印度作家波那长篇小说中的一个章节《迦丹波利》给了我。"海子的诗集里,有一首诗叫《绿松石》。

我有一些好奇:"哪天把海子手抄的稿子给我看看吧?"她说:"等我找一下吧。"

一天,她给我微信,"稿子找到了"。

"很奇怪,十多年的手稿了都没怎么泛黄。"她在微信里写道。我说:"保留得好。"

"过去的纸张质量好呀!我就是夹在书里,放在书架上了。"一会儿,她接着写道,"我送给你吧,下次见面时。"

我说:"不用。"她说:"你俩兄弟情深啊。"

我说:"你把稿子拍一下发给我看看吧。"过了一会儿,她把稿子的照片发在了我的微信里。又过了一会儿,她说:"照片不清楚,哪天我去办公室,扫描后再发给你吧!"

海子在那种蓝格子论文稿纸上,认认真真地抄了八张纸,字迹端正,一气呵成,无一处抄错修改的地方。这篇东西讲的是一个爱情故事,最后的两句话是,"月环和迦丹波利、白莲和太白两对情人大团圆,尽管好事多磨,有情人终成眷属"。

后来再见面,我故意没有提这个稿子的事,觉得还是放在她手里更合适,也许后来她也是这样想的。

当初她手里应该有不少海子诗稿,如今,只有这两件遗物了,睹物思人,愿她还寝梦佳期。

前些年的冬至,我给她发微信,告诉她我去海子老家了。她问了我一些情况,又在微信上谈到了海子的诗。

她发来一段文字:"海子是天才,'他很会写',他写的东西震撼灵魂,感人至深,难令人不动心念。所以读他的文字会流泪,昨天流,今天流,明天老了还会流……感动一辈子。"不知何故,"他很会写"四个字,她用了一个引号。

2020年下半年,我在北京,"姐姐"正好也在北京出差。"小风疏雨,潇潇也",下午有点阴凉。北京的朋友约我们在西四环一家购物中心吃晚饭,距上次见面又有几年了,她发现我头上的白发明显地增多了,我们都在感叹"世间何物催人老"。说话间,不免会聊到当年昌平生活的一些琐事。

她问我:"你哪天回上海啊?""我订了三天后的机票。"沉思了一会儿,她又问道:"如果有时间,我们一起去海子老家吧?"去海子老家看看,这倒也是我的一个想法。我说:"这次吗?不过这次我已经订了回上海的票,但这不要紧,可以退票,问题是从北京去怀宁不太方便。"

"哦,是吗?我不太有方位感。"我说:"下次你到上海,开车去,一路高速到查湾,要方便许多呢。"她听后觉得不错,答应道:"可以啊!那就下次吧!"

去海子老家虽没有定期,但"青山有约",这时我总会想起一句海子的诗,"苦心的皇帝在恋爱"。

近些年,有记者不断向我索要她的电话,我说要问问她,是否愿意被打扰。还有不少热爱诗人的朋友询问有关她的情况,问得最多的是,那位幸福而忧郁的女人相貌如何?我还真是一时难以描绘,只是回答,"美丽"。当年所有见过她的人似乎也都这样认为。

说不尽、相思泪,海子所爱的人依然"站在荒凉的山岗上"。

叙述这些,我只是想理出一个基本线索,以免以讹传讹。所谓"四姐妹"可以说是一个美丽的诗句,仅用此去认定海子生命中就有四个女人,多少有些概念化。现实中的海子,既简单又复杂,他是一个早熟且情感丰富的人。

她们对海子的诗歌写作,肯定有影响,尤其是在1986年到1988年间。

但是,一个有着丰富精神世界的伟大诗人,以他的才能和情怀,在其诗歌人生中,早已超越……

他写道:

一切都已过去

最终在一阵秋风里将你宽恕

海子与诗人们

让今日和昨日一起让伤感的怯懦的
卑劣的和满足于屁股的色情的一起
化为血污吧。我
唯一要求的是我自己
以及我的兄弟
是那些在历史行动中
断断续续失去头颅的兄弟
不屈的兄弟
让我们脚踏着相互头颅
建立一片火光

——《太阳·断头篇·第三幕　头》海子

1986年，一个春光明媚的日子，海子说要去离颐和园不远的国际关系学院。

"去干吗啊？"我问。"看杨炼。"他回答。

我说："行啊，我陪你一起去吧。"当时，我有一位上海朋友在那儿进修，心想正好去看看朋友。

第二天，我们坐班车到学院路，再坐375路公交到西苑。进入国关校园，我去看朋友，他去找杨炼。我们约好一个多小时后，在校门口见。

出来时，正值饭点，我们没有直接坐车回学院路，而是走到北宫门附近，在一家饭馆点了一盘饺子，还有拍黄瓜和水煮花生，一人喝了一瓶啤酒。

饭桌上，海子洋溢着喜悦的心情对我说，找到杨炼的时候他正在筒子楼的水房里洗衣服，于是他一边洗衣服一边与海子聊天。到饭点了，杨炼要请他吃午饭，海子考虑到我在等他，便谢绝了。

曾经几次，海子用赞赏的口吻说到杨炼在1983年创作的长诗《诺日朗》：

用殷红的图案簇拥白色颅骨，供奉太阳和战争

用杀婴的血,行割礼的血,滋养我绵绵不绝
的生命
一把黑曜岩的刀剖开大地的胸膛,心被高高
举起
无数旗帜像角斗士的鼓声,在晚霞间激荡
我活着,我微笑,骄傲地率领你们征服死亡

可以说海子热衷于长诗的写作,与他读这首《诺日朗》有很大的关系。

多年后在北京,我见到杨炼,告诉他那天海子去见他的情形,也许此事太过久远,他诚恳地问:"还真有这事儿?"这也难怪,那时杨炼已是久负盛名的诗人,而海子尚是一个无名小卒。

2023年6月,杨炼接受一个专访,在主持人问到海子时,他对海子大为赞赏。也许是经过我上次的提醒,他开口就说:"我认识海子,他来过我们家。"随后,他充满激情地发表了一大段的夸赞:"海子,我觉得是一个很有才华、有抱负的诗人。"

那些年,海子还专门去拜访过江河。他回来后,用带有羡慕的口吻告诉我:"江河除了写诗,还是一个古典音乐发烧友呢，有几个书柜整整齐齐全是盒带。"当时，如果我们能有十盘、二十盘就相当不错了，何况海子当时连录音机都还没有。

几年前，北岛来沪，我们驾车去上海周边。在车里，我问他："海子当年拜访过您吗？"他思忖了一下，说："应该没有，我们没见过。"

海子去过王家新在西单商场附近的家，参加过所谓"幸存者俱乐部"的活动。那是海子第一次参加，但已经是俱乐部的第二次活动了。这是由芒克领衔召集且有一定规模和影响力的诗歌活动。第一次是在芒克位于劲松的家里举行的，为此有人一直误以为海子的出现是在芒克家，因为有人参加了第一次，而没有去第二次。

海子去世后，有传言在那次聚会上，有人调侃他写长诗。为此，海子闷闷不乐，很不高兴，有人据此推断海子的死与此有关。

当时，他回来就跟我说了一些那次活动的情况，我感觉他挺高兴的，我看到的海子脸上没有丝毫不悦，更无郁闷，相反还有些兴奋。因为，他见到了一些想见的诗人、评论家。论年龄，他最小，论资历，他最浅，之所以有这样的传言，也许是有人多虑和当真了。

后来，有一次在北京798艺术园区，有人想介绍一下我与一位已是满头白发的老诗人认识一下，当他听到海子的名字时，神经顿时紧张起来，提高嗓门大声说："你不要搞事，我不认识他。"

海子那时刚开始写长诗，去拜访杨炼，就是因为觉得杨炼的长诗写得好。有人对海子的长诗发表一些评论，现场或许令他有些尴尬，但不会令海子有其他强烈反应。对像《今天》这种"朦胧诗"的作家，海子怀有相当高的崇敬，在北大就读期间深受他们的影响。可以说，他们是海子热爱诗歌、创作诗歌的精神上的"引路人"。

海子的诗歌在当时"民间"诗歌圈已经有一定的影响了。同时，他在创作之余，很注意与各地诗人保持交往，打印出来的诗集，都会寄给北京、上海、四川等地的朋友。这就像布罗茨基在苏联时期，诗人们用打印的诗集来相互交流。

1986年的隆冬，寒风凛冽。在西环里的楼下，我碰到海子，他对我说："过几天，周六，骆一禾、西川他们要来，你过来一起吃饭吧。"海子家平时少有朋友来，若要聚会一般都会叫上我，除了聊天，他还让我帮忙炒菜。

那天，我早早就去了海子那里，帮着洗菜做饭。我以前也不会做饭,从住在大钟寺开始,因为经常有同学、朋友来,慢慢就学会了,海子也会做,只是平时做得不多。

我们分别在煤油炉和电炉上做了七八个菜。开喝时,又来了几个哥们儿,七八个人围坐在用两张写字台拼成的桌子旁,满满一桌菜。大家在不那么明亮的灯光下,推杯换盏,觥筹交错,几杯下肚,骆一禾微醺脸红,西川因过敏,不能喝酒,所以感觉有点冷,盘腿坐在床上,海子边聊天边招呼,兴致高昂,大笑,至午夜。

多年过去,斯人已去,我与西川再次相聚,他依然不喝。说起那晚的聊天,彼此唏嘘不已,努力想回忆那晚的聊天内容,面面相觑之下,只记得喝得痛快,其他都没有记住。西川举起茶杯说:"为了海子,举个杯吧!"眼前一片迷茫。

那些年,四川的相貌英俊、身材瘦高的诗人万夏,上海的文质彬彬的诗人郁郁都曾来过昌平。记得那次万夏来,还亲自动手烧了几个菜,酒量也十分了得。

在平时的聊天中,海子喜欢与我们聊一些诗人与诗歌界的事情。比如,除了会提到已是名满江湖的北岛、芒克等人外,还会说到全国各地的所谓"黑道"诗人,介绍徐敬亚《崛起的诗群》和《中国现代主义诗群大观:1986 — 1988》

及《深圳青年报》举办的"中国诗坛1986现代诗群体大展"活动及《诗歌报》相关情况。

马哲在昌平的那些日子里,他与海子经常会聊起贵州老诗人黄翔的诗歌。2019年在纽约法拉盛,我见到老黄翔,并提到那年在他带领下马哲等人在中关村卖诗报一事,当我说出诗报的名字《狂饮不醉的兽形》时,黄翔夫人十分惊奇。

她说:"没想到,还有人记得这个!"我开玩笑道:"我也是诗歌界的老人啊!"

她笑着说:"是的,是的。现在很少有人知道这个了!"黄翔夫人我是第一次见到,开始还有些生疏,说完这个似乎即刻熟悉了起来。

海子也曾几次去圆明园,与黑大春等经常在圆明园活动的诗人见面。另外,从四川回来后,他与我说起最多的名字是沐川县的宋氏两兄弟,他们拍过一张合影,在成都,他专门拜访了诗人吉狄马加等。北京的诗人除常念叨的骆一禾、西川外,他会常常提及同为北大毕业的老木。

有几次我们一同进城,我去办事,他去看望老木。海子没有直接说他多么喜欢老木,但从他谈及老木的语气中能感到他对老木的欣赏。

1985年老木编了一本具有广泛影响力的《新诗潮诗选》，白皮黑字，上下两册。收集了自七十年代末以来重要诗人的诗歌，海子专门把它借给我阅读，我从中知道了许多当代中国诗人的名字，它在我的书桌上放了好长一阵子。

天才般的创作

> 堕入地狱
>
> 笔直地堕入地狱。
>
> 都在海子的诗歌中喘血如注
>
> ——《太阳·断头篇·第二场：拖火的身体倒栽而下》海子

一个人住一套单元房，如果没人来找你，那一天二十四小时就你一个人了。

在昌平，我们过着平淡但并非无味的日子。每每说起这段生活往事，朋友们常常会问，有那么多的时间，你们都在干些什么呢？每周上一两次课，其余时间，除了睡觉，多半就是在看书了，大家笑称我们是"自费在读研究生"。

杜尚在晚年的时候说："幸运的是我在很年轻的时候就学会了保护自己。"他很早就摆脱了金钱的羁绊，因而能使自己始终处在一个自由的创作状态中。

作为诗人的海子，他也是幸运的。大学毕业后，立马就有了一个稳定的工作，过上了一个稳定的生活，住房、吃饭都不用发愁。他完全可以自由支配自己的时间，还有闲钱购买自己喜欢的书籍。在自己把握的时空中，自由地思考、阅读、写作，对海子来说是一件简单而自然的事，他获得了心灵、时间与空间上的完全自由。在一门心思追求诗歌的过程中，超越了名声、金钱的诱惑。

这是在八十年代，太多的"民间诗人"没有达到的状态。甚至现在，仍有不少人还在漂泊，为生计、为名利绞尽脑汁。这种"不自由"的状态，一定会影响诗歌的品质。

在完成所谓的诗歌"学徒阶段"后，海子从二十岁开始进入到一个"专业"的诗歌创作之中。这种"自由的心灵与自由的时空",是他能够在短短的五六年中,写出两百多万字作品的一个重要因素。

通常情况下,海子是下午看书,晚上写作,半夜或后半夜睡觉。第二天上午九点或十点起床,冬天会更晚。

几年如一日,他保持着这种写作习惯。有时,他在我这里吃完饭,我想再与他聊一会儿,再说还有其他人在,但他会明朗地说:"今天不聊了,还有'任务'呢!"

他对阅读、创作有着阶段性的计划,时间上十分自律。

早慧的天资、执着的热爱,海子生命的基因,体现的是"诗歌智慧"。加上其坚韧的努力,广泛大量的阅读,将他打造成一个与众不同且具有高贵品质的诗人。

在二十五年的人生时空里,他接触、认识的人并不多,去过的地方更是有限,也就是安庆、北京、秦皇岛、四川、西藏、青海,如此而已。

以海子为代表的"第三代诗人",他们中大部分人都受过良好的高等教育,可谓一批"知识新贵",这点不同于"文革"中毕业的中学生诗人。

海子本质上是一位"知识分子"诗人,他广泛的阅读是其诗歌创作的重要源泉,他是在摆脱了个体的经验之上,在一个文化、精神的层面进行创作。

有些文章里写海子有许多爱好，什么数学、天文等等，这有些夸张，应该说他的阅读主要还是集中在人文、历史、哲学和艺术方面。其中，诗歌、小说读外国的多一些，宗教方面主要读基督教和佛学。我看到他买过一套上、中、下三册的《五灯会元》，现在卖的则是一大本全册。总体而言，他的阅读趣味主要是外国的人文书籍。另外，他会从我这里借一些画册回去看，屋里墙上有好长一阵子贴着梵高的《向日葵》。平日里，海子言语不多，甚至有些木讷。但生性敏感，细腻，爱思考。

有时，我和朋友在屋里聊天的时候，海子来了。我们就会问他："最近又写了些什么东西呀？"

"最近写了几首，还行。"

"那就给我们说说吧！"他会笑嘻嘻地给我们说一些最近的写诗情况。

我们住的那个楼不远处，有一座小山。天气好的时候，我们常去爬山。有一首诗就是关于我们去爬山的。

　　桃花开放，
　　从月亮飞出来的马，

钉在太阳那轰轰隆隆的春天的本上。

他把这首诗拿来给我看时，我感觉特别亲切。把我们一起爬山时的舒畅飞扬，美丽地呈现了出来。

海子去过西藏两次，带回来一张小幅唐卡和画有佛像的石块，以及几本书。从那以后，我发现他对藏传佛教和道教的理论、气功有了兴趣。在我们聊天中常会夹杂一些这方面的话题。常远是我们共同的好朋友，一直从事人体科学和气功方面的研究，颇有些神秘。

在常远的影响下，我们经常会在晚上练习打坐，做些冥想。有段时间，海子比较投入地练过一阵气功。我曾与常远聊起冥想与写诗的关系，他认为海子的"长诗"创作，与打坐冥想有很大关系。

海子生前，没发表几首诗。八十年代，他们那拨写诗的人被称之为"黑道诗人"。有一次，有位记者在跟我聊天时，我谈到海子他们当年曾被称为"黑道诗人"，她一怔："这是什么意思？怎么听着有点儿黑社会的味道？"

我说："不是黑社会的意思。所谓的'黑道'，主要是针对主流媒体这个'白道'而言，当时官方媒体一般不会发表他们的作品。"这就像当年布罗茨基在苏联时期，他的诗歌只能在"地下刊物"中广泛流传。他们或被称之为"民间诗人"。当年，北岛、顾城、芒克、杨炼等早期朦胧诗人，他们的诗都是自己油印成诗集，互相交流、传播。

那几年，海子也油印了几本诗集。黄黄的纸张，比较粗糙，一般印完后他都会送我一本。记得一次，海子拿着一本刚印好的诗集到我屋里来，我看上面没有写任何东西，就开玩笑地说："签上大名吧！等你出了名，没准还能换几个银子呢。"他笑呵呵地还有几分腼腆地写了"给理波"并签上了自己的名字。

前些年，南京有一家拍卖行给我打电话，问我是否愿意拍卖一些与海子有关的诗稿。我心里暗笑，当年我说的话，还真的应验了。

一般晚上是海子进入创作的时间，一口气能写上五六个小时，一边写一边还要喝点红星二锅头，所以在厨房的墙角，放着一长溜空瓶。

他通常习惯在写完初稿后，把稿纸放在一边，等几天、几个月甚至更长的时间，等他有感觉的时候，对这一摞诗稿进行整理，大胆地修改和删减。因此，我们在他的《诗集》里可以看到多处"1985草稿，1987改"或"1988.5删"等字样。

有些作品，现在看到只有十几行，但可能是从几十行里删减出来的，所以他的有些诗句极富跳跃感和破碎感，具有独特的节奏和韵律，这些诗句特点的出现都与其独特的创作方法有关系。

更重要的是，他经常一边写诗，一边喝酒。可以说，他的许多精彩的令人难忘的诗句都是酒的产物。

　　一块孤独的石头坐满整个天空
　　他说：在这一千年里我只热爱我自己

　　一块孤独的石头坐满整个天空
　　没有任何泪水使我变成花朵
　　没有任何国王使我变成王座

酒，确切地说，二锅头是海子诗歌写作的最好伴侣。

《面朝大海,春暖花开》的由来

从明天起,做一个幸福的人
喂马,劈柴,周游世界
从明天起,关心粮食和蔬菜
我有一所房子,面朝大海,春暖花开

——《面朝大海,春暖花开》海子

这首《面朝大海，春暖花开》现在成了海子众多诗歌中，流传最广的一首诗，可谓"脍炙人口、家喻户晓"。

你如果问海子："你这首诗为什么会这么厉害啊？"他可能会露出习惯的笑容回答："我也没办法，我只是写着玩玩的。"

"真有你的！"这时我也会发出爽朗的笑声。

关于这首诗，有一位文学博士在给学生解读时说："海子使用了一个相当日常的句式，却传达出相当非日常的、沉痛的个人感受。再看后面的句子：'喂马，劈柴，周游世界／从明天起，关心粮食和蔬菜'。这是诗人对'幸福生活'的想象，却同样充满了一种天真的假定性，是一个与日常生活脱节的人，对所谓幸福生活的假想，特别是'粮食'和'蔬菜'两个词，都是被一般的诗歌所排斥的日常词汇，在诗中出现的往往是玫瑰、丁香、菊花、橡树等高贵的植物，这两个'非诗意'形象的出现，又一次形成特殊的风格张力。"

这里他提到海子"是一个与日常生活脱节的人"，我想说的是恰恰相反，这首诗正是从"日常生活"中来，是一首写得比较轻松的诗。

海子在昌平生活的日子里，并非他人所想象的那样枯

野花一片　理波绘

远在远方的风比远方更远

燥、贫穷。就物质层面而言，每个月有六七十块钱的工资，吃饭、喝酒之外，买书是最大的开销，那些年他渐渐地购买了整整四个书架的书。就精神、思想方面来说，八十年代是一个思想开放与活跃的时代。读书之外，在茶余饭后的"研讨"中，我们讨论甚至争论最多的是社会、生活、文化的发展等问题，今天看来都是所谓的"宏大命题"。因此，理解海子的诗，了解他所生活的环境和他的所思所想，是打开他诗歌的一把钥匙。

八十年代的读书人，内心似乎都有一些"崇高"的追求。个人问题不是大问题，个人情感是一个人躲在屋里才会想想的事。海子一直是一个向往崇高，期盼自己的诗歌能超越民族文化的思想者。

那时我们通常早上十点前后起床，下午看书，四五点钟我们会去西环里小区门口副食店买菜和各种食品。

1987年，夏天要过完的一个下午，我俩一如往常，到小区门口的副食店买东西。在副食店旁边的小区门口，农民每天都会在那里设摊卖菜。他们席地而坐，边卖边吆喝，一幅暖暖的忙碌的生活场景。在走过一个地摊时，看着穿着短衣短裤的老农专心卖菜的样子，我对海子说："你看，人家这才是生活啊！"

海子发出他一贯的笑声："嘿嘿，你对司空见惯的东西产生了怀疑，说明你有了'荒诞感'。"也许是我们正在看《等待戈多》的缘故，他用了"荒诞感"三个字。

买完东西，在回去的路上，我们又在议论刚才的感觉。我一边走一边说："其实，生活本身不复杂，你看那老农，白天种菜、卖菜，晚上回去喝点儿二锅头，老婆孩子热炕头，这就是生活啊。"这样说并不是在否定我们平时一贯的思想，而是感到对家国等重大命题及生命存在的忧虑与生活本身有些"隔"，这样一想似乎就轻松一些了，我们好像都感到，做个"幸福的人"似乎并不难。

年底到了，眼看一个学期又要结束。海子手里拿了几张稿子（有时候，他会把稿纸揣在裤兜里）到我屋里来。

他对我说："你还记得吧？我们那天的聊天儿？"我有点发愣，他又说："根据那天的感觉，我写了一首诗，你看看吧！"我们俩站在屋子的中央，这时他把手里的稿子，交在我手上，有三四张的样子。

这是我第一次看到这首诗，翻了翻后对他说："这首诗写得还比较轻松，是一首小情调的诗，不像有些诗不是血、刀，就是死亡。"因为这和他以前给我看的一些诗，里面有许多"刀、血、石头、死亡"的字眼相比很不一样。我曾对他说:"你的诗里很多地方都充满着骨头、斧子与死亡的味道。"

当然,我的说法不一定全面,但能感觉到诗歌文字中泛出的气息,所以每当听到我的这种说法时,他都会笑嘻嘻地说:"是吗?有那么严重吗?"

另一方面,我对这首诗印象比较深的缘故是,《面朝大海,春暖花开》读起来朗朗上口,与其他许多诗相比,质地不一样。我又说:"看来你还是比较喜欢大海啊。"

他曾告诉我,他喜欢大海,但从未见过海。为此,一年暑假他与同事特意去了一趟北戴河。不知为何"海"在他心里有着不一般的感觉。

《面朝大海,春暖花开》在给我看了以后,海子把它搁置了很长一段时间,后经过删改,比初稿内容简练,主题更突出,所以现在我们看到的只有三段、十几行,落款的时间为1989年1月13日。因此,有人认为,这是海子离世之前不久的作品,也可以这样理解,毕竟他后来做了大幅度的删改。诗歌是召唤诗神的使者,诗人用诗歌寻找自己的安居。

从明天起,做一个幸福的人
喂马,劈柴,周游世界

从明天起，关心粮食和蔬菜

　　我有一所房子，面朝大海，春暖花开

　　"喂马，劈柴"与老农卖菜，都是简单劳动，但已经足以养活自己，有"粮食、蔬菜"就有饭吃，再有一个自己的"房子"面朝大海，这不就是幸福的生活吗？

　　可以说，这首诗与海子其他的诗相比，其内心感受、风格和所表达的意境有很大的不同，其原因就在于他从"日常生活"中受到了启发。海子不是一个与日常生活脱节的人，只是有时思考的问题与现实有些距离而已。

　　对于这首诗，海子的一位大学同学在一篇文章中说，"从明天起，关心粮食与蔬菜，淡然也算是一种境界，但是如何关心呢？却没有了下文。这在形式上与一、二行不对仗，在内容上有严重残缺"，因此是"病句行大运"。

　　西川在谈论该诗时说："'面朝大海，春暖花开'这句，几乎是家喻户晓，所有人将它认为是很明亮的诗，实际上它背后是非常绝望的，这是快要死的人写的诗呀！"

　　一首诗歌一旦成为"作品"，人们对它的评论本身便会成为一种"作品"，使"作品"与"作品"相互成就。

　　对诗歌进行阐释，是一项专业性很强的工作。我这里说的是我所知道的一些事实，对诗歌的阐释也许有用，也许无益。

这首诗通俗易懂、朗朗上口，散发着人间烟火的温暖，因此受到人们的普遍关注和喜爱。但在我看来，它并不是海子最重要的一首诗。

海德格尔曾有一句话，诗之道就是对现实闭上双眼。

《生日颂(或生日祝酒词)
——给理波并同代的朋友》

痛苦并非是人类的不幸

痛苦是全人类与生俱来的财富

痛苦产生了人类的老师　伟大的先知　产生了思想和艺术

朋友们,我的祝酒词是

愿你们一生　坎坷痛苦

不愿你们一帆风顺

——《生日颂(或生日祝酒词)——给理波并同代的朋友》海子

1987年暑假,"缺月挂疏桐",上海家里告知,母亲病重住院,我匆匆回沪,每天去医院陪护。其间,我写了几封信给海子,他也回了几封,在信中我主要谈了一些在上海的情况和当时的焦虑心情。

　　回京不久,解愠风来,天气渐爽。一天下午,海子在楼下见到我,他知道再过几天是我的生日,就主动说:"等你过生日,我给你写一首诗吧。"过了几天,我又见到他,就问:"诗写好了吗?"他回我:"不急!"

　　9月19日的晚上,我请了海子和几位同学,来我屋里喝酒。酒过三巡,将近九点多钟,我提醒道:"海子,诗呢?"他不紧不慢地从兜里拿出稿子说:"我给你们读一遍吧!"喝了酒的海子,脸上带着红晕,深情地给我们朗诵了一遍诗歌全文。最后三句是:

　　唯有痛苦　使我们相互尊敬和赞叹
　　使我们保持伟大的友谊
　　唯有痛苦是我们永恒的财富

　　他的普通话里,有些音会带有老家的口音,比如"sun"他会发成"shen"。

他说要给我写诗，我本来想他大概也就是写一两张纸、二三十行吧，让我完全没有想到的是他竟然如此认真地写了一首一百二十多行的长诗。

他读完后，我拿过稿子，看到标题除《生日颂》（或《生日祝酒词》）外，还写了一小行"给理波并同代的朋友"。

当时，我心里还有一点犯嘀咕，写"给理波"不就行了吗？还"同代的朋友"是什么意思？当着大伙的面，我没有说出口。

然后，我就想把它放到写字台的抽屉里了，海子见状忙说："不急，过几天再给你吧。"

"共君此夜须沉醉""为君聊赋今日诗"，我们酣畅地喝酒、聊天，直至午夜。

几天后，我拿到的稿子已是他第二天重新修改、重新誊写的了。诗稿最后一页的落款是"87.9.17急就"和"9.20录"两个日期。

海子珍重地把诗稿交给我后，我就一直把它夹在他给我的油印的诗集里。从北京到上海，说起来也是跟着我"辗转"了好几个地方，每次搬家我都会小心翼翼地把它与其他杂志抱在一起，特别放置。因为那纸的质量不太好，时间长了有些发脆。

如今有不少海子诗歌爱好者在研究这首诗，他们会从多个方向去解读，欣慰的是，他们基本能把握诗歌的核心要义。

从我的理解和当时我与海子的交流来看，这首诗可以按两部分来阅读，一部分是有关我个人的，另一部分是他借题发挥写给这个时代的。为什么诗的第一句要写"在生日里我们要歌唱母亲"呢？我想每个人都出自于母亲，而我母亲当时又恰恰重病住院。所以，母亲、女人、爱情、痛苦、诗歌与理想，是这首诗的关键词。

1997年，一位上海的诗人打电话问我："你认识海子啊？"我说："你怎么知道的？"他提到网上海子的遗书。后来我们见面时，他又问了一些海子的情况，同时我提到自己手上还有一份海子给我的诗稿，从未对外发表过，他知道后表现出极大的兴趣，说他和朋友正在编《文化与道德》第二辑，问我能否把此诗刊登在其中，这本以艺术、诗歌、文学为主的"地下"读物，虽然印数不大，但在圈里有一定的影响。回想海子生前看到《大陆》上有他的诗《我病了》时，那开心的微笑，同为"地下"读物，我想海子应该不会反对。所以《生日颂》的第一次发表，应当是在1998年5月的《文化与道德》第二辑。

2005年春天,我去了一趟海子老家,他母亲在见到我时,刚开始没有认出,我告诉她我是海子在北京的同事、邻居,住在海子楼上,她想了起来,顿时我看到她眼里饱含着的泪水。1988年春节后,他母亲曾来过一次北京,在海子的屋里,我们用电炉、煤油炉一起做了一顿饭,在吃饭时,他母亲问我:"你有女朋友了吗?"我怯怯地说"刚有",她对着海子又说:"你啥时也处一个啊?"而此时,当她看到我十几岁的儿子时,抓住了他的手,泪水从眼角一滴一滴落下,一定是想起了当年的我,更想起了海子。

那天,我把《生日颂》的手稿复印件给了海子父母一份。后来,西川在编《海子诗全集》时作为散佚作品,把《生日颂》收录其中,并在扉页刊印了手稿影印件,这是西川从他人手里拿到了我给海子母亲的诗稿影印件。

海子在《生日颂》里写道"诗人总爱预言"。他在诗里描写的一些场景,在我后来的日子里果然神奇地真实地出现了。

为此,我曾一本正经地问常远,莫非海子真的有些功夫?他略带神秘地笑而不答。

《太阳·诗剧》

最后一个灵魂

这一天黄昏

天空即将封闭

身背弓箭的最后一个灵魂

这位领着三千儿童杀下天空的无头英雄

眼含热泪指着我背负的这片燃烧的废墟

这标志天堂关闭的大火

对他的儿子们说,那是太阳

——《太阳·弥赛亚·太阳:天堂里打柴人与火的秘密谈话》海子

前些年，有一天我独自在北京闲逛。天色灰暗，北京下起了江南的霏霏细雨，这是北方以前少见的细雨。在北京人艺对面的考古书店，我挑了两本书之后，往南到灯市口，左拐往东，没走多远，来到了一个胡同口。

一路看着两边的街景，熟悉而又陌生。熟悉的是这里的一条小胡同——同福夹道还在。陌生的是原本的低矮房屋已换成了高高的楼房。看着眼前的景象，不由得使我想起曾与海子一同来此地，拜访空政话剧团原团长、著名导演王贵先生。

有一天晚饭后，海子来我屋里，送我一本他刚打印的诗集《太阳·诗剧》。我一眼看到第一页上的几行话：

地点：赤道。太阳神之车在地上的道
时间：今天。或五千年前或五千年后一个痛苦、灭绝的日子。
人物：太阳、猿、鸣

加上标题上有"诗剧"的字样，我翻了一下里面的内容，有司仪、有合唱，顿时感觉是古希腊的某个剧本，我便对海子说："这是一部可以用来演出的本子啊！"他抬头朝

太阳是野花的头　理波绘

我轻轻地笑了一笑，我又说："你还别不当真。"

当时，在我脑海里，舞台上的场景和众多的人物呼之欲出，我又翻了几页看到：

合唱：
告别了那美丽的爱琴海。
诗人抱着鬼魂在上帝的山上和上帝家中舞蹈。
上帝本人开始流浪。
众神死去。上帝浪迹天涯
告别了那美丽的爱琴海

我有点儿兴奋又有几分陶醉，说道："海子，我带你去见一位话剧导演吧，你这个本子可以搞成一个诗剧，完全可以上演啊！"他望着我："可以啊。"

那年，王贵先生导演了一部反映知青生活的话剧《WM.我们》在北京和上海演出，引起圈内和社会的很大反响，有人评价说《WM.我们》代表着"民族的现代的非写实主义戏剧美学的成熟"。此剧在北京三里河附近的二七剧场演出时去了不少北京文艺界的大腕儿，一票难求，当时主管宣传与意识形态级别最高的头儿也亲自到场。随后不久,《人民日报》发表了一篇未点名的批判文章,搞得王贵先生灰头土脸,戏不让演了,他赋闲在家,闭门思过。

我打电话约好王导,上门拜访。我们坐114路电车,在中国美术馆下车,走到位于同福夹道的空政话剧团。这是民国早期的一个院子,里面有几幢巴洛克式建筑,王贵先生的家就在院子里。

海子把《太阳·诗剧》的油印本子给了王导,王导听了海子对诗剧的介绍后,演员出身的他立马来了精神,站起来做了几个动作,传达出几种抽象的舞台意象。

可以想象,把它演绎成一台大戏,该会是多么恢宏的场景!又有多少富有哲理的语言和多彩的人物!热情的王导瞬间进入了角色、场景,自己都有几分激动。他对诗剧表现出很大的兴趣,提出了不少如何把现有的诗剧改编成话剧剧本的想法。一切都在意料之中,我知道他会感兴趣,海子对此也抱有很大的希望。

走出王导的家,海子一路都在兴奋地谈论剧本的事。后来,我又与王导联系过几回,迫于压力,王导一直在挨批评、作检查,机缘不巧,此事便没有了下文。

二十多年后,当我再次来到同福夹道,想起了海子、王贵,还有这首《太阳·诗剧》,在我心里涌起的不仅仅是怀念，更有流水落花带给我的无奈与惋惜。

想起了《太阳·诗剧》里的第一行也是最后一行的诗句：

> 我走到了人类的尽头

海子的诗歌抱负

> 唤回昔日的死者；我们的拍摄将毁去
> 碟中的影像；
> 我们将是顺应生活的伙伴，
> 活着的人们将开出爱的花朵，
> 颂扬我们远去的心。
>
> ——《我们的阉人梦见》狄兰·托马斯

诗歌犹如一个通道，伟大的诗人通过其作品，构建一个世界。海子作为一个诗人，他对诗歌怀有极大的敬意、抱负和野心，在短暂的人生时空中，他用行动和生命，始终在努力实现自己的诗歌理想。

著名的新华社战地摄影记者唐师曾（俗称唐老鸭），1990年海湾战争爆发，他连夜请战奔赴战场，拍摄、报道了大量有关战争的图片，被国内各大媒体刊登。战争结束后，他写了一本《我从战场归来》。我曾对老鸭说："我们那批来法大的青年教师中，在思想、文化、艺术领域，对社会有较大影响的一个是海子，一个是你。你俩相同之处是在于都用极大的热情乃至生命，去实践自己的理想，不同的是一个从战场上回来了，一个则成了'只身打马过草原'的诗歌英雄，而成为我们共同的怀念。"

老鸭听了以后，不无得意，在他拥有几百万粉丝的微博上转发了这段话。2019年的3月，在北京的一次饭局上，我又对他说："现在看来还要加上一个人了，不仅仅是你们俩了。"他和在座的几位当年的法大人都朝我看，没等我说出口，他们瞬间都明白了。我想要说的第三个人是谁？这位教授近些年来发表了几篇恣意狂放、思想深邃的雄文，正散发着其特有的力量影响着我们，引起学界、思想界的高度重视。

在我看来,他们都是1983年到法大的有理想、有才华、有胆略的学子。

海子在《生日颂》里写道:

> 我的妻子就是中国的诗歌　汉语的诗歌
> 我要成为一首中国最伟大诗歌的父亲
> 像荷马是希腊的父亲　但丁是意大利之父
> 歌德是德意志的父亲

在平常的日子里,他也曾跟我聊过一些类似的想法。我清晰地记得,有一次他跟我说:"我的理想是要成为一个世界性的诗人。"他说这句话的时候也就二十三岁左右。你可能不相信,但他说的时候可是非常严肃的。

海子渴望成为像但丁、歌德、普希金式的诗人,他读得比较多的也是这些诗人的作品,他的长诗就受到《神曲》的很多影响。

可是有一天,我们一起又聊到这个话题时,他说:"我不可能的。"

"为什么不可能呢?"他说:"只有一个国家、民族的文化被世界所接受，才有可能出现像歌德、普希金那样的世界级诗人。"是的，诗歌不是一个费时费力的手艺活儿。

从他跟我聊天的这些话里可以看出，他思考并意识到自己的远大志向与所处的时代有着内在的矛盾和冲突，尽管他一直在全力以赴。

随着经济的发展，中国能否在思想、文化和艺术领域对世界作出贡献呢？海子当年就已经思考这个问题了。

2010年，有个英国人丹·墨菲把海子的一百多首诗译成英文，取名 *Over Autumn Rooftops* 在英国出版。在其诗歌不断被翻译成他国文字之后，我想，他会成为"伟大诗歌的父亲"吗？

其实，能否成为诗歌"父亲"并不重要，重要的是，阅读他的诗歌能够慰藉我们的心灵、叩击我们的灵魂。在一个缺乏诗意的年代，让人们保持几分对诗意生活的向往。

海德格尔在谈论荷尔德林时说，诗人在步入诗人生涯后，其全部诗作都是还乡，还乡就是返回与本源的亲近。

海子之死

我的白骨累累是水面上人类残剩的屋顶。

——《土地·忧郁·死亡》海子

美国诗人威斯坦·休·奥登诗：

> 身披才能的盔甲如一套制服
> 每个诗人的等级都众所周知
> 他们如暴风雨会令我们惊讶侧目
> 要么长年孤独，要么青春早逝

"那天，你救了我一次，不然我就没了。"海子有一天对我说。我开玩笑道："那好啊，哪天你请我喝一顿啊？"

1986年的秋天，寒风萧瑟，天色如晦。一个周五下午，开完教研室的会，我们一起坐班车回昌平。我坐在靠窗的位子，他坐在我边上。

一路颠簸，我俩都在聊天，似乎我说得多一些。也许是深秋的缘故，加上车窗失修，不能完全关上，凉风让人感到越来越冷。当班车从京昌路拐进路口的昌平酒厂时，整个县城由于停电一片漆黑。海子一脸茫然，有些不爽，他朝我嘟囔了一句，"简直像一个鬼城"。

又冷又饿，心情倍加沮丧。班车停在了西环里口上的副食店附近。我去店里买了几支蜡烛、两瓶红色的果子酒，又在路旁的自行车摊上买了一包熟羊蹄。

海子一路骂骂咧咧,来到我的屋里,做了一点主食,边喝边聊,一直到半夜他才回去。

几个月后的一天,我们聊起那天喝酒的事。海子说:"那天,你救了我一次,不然我就没了。"我听了,不以为意地道:"是吗?"

"你还记得吗,那天在回昌平的路上,你一路都在说话,其实我什么都没听进去。我一直在想,用什么方法'结果'自己。"他在这里用的是"结果"两个字。

他又说:"要不是停电,跟你一起喝酒,我自己直接回去,也许就完了。那晚,喝完酒有点儿晕,回去倒下就睡着了。第二天中午醒来后,看到外边大雪白茫茫一片。嗨,感觉好多了。"

原来那晚下半夜,北风卷地,北京下了那年的第一场大雪。我朝他看看,半开玩笑地说:"那到底是我,还是雪,救了你呢?"他朝我看了看,没吭声。

海子一生仅有三篇日记,其中1986年11月18日的一篇中他写道:"我差一点自杀,但那是另一个我——另一具尸体,我曾以多种方式结束了他的生命。但我活下来,我又生活在圣洁之中。"

海子死后,很多人的第一反应,认为他是为情而死。

海子的第一次恋情，对一个二十出头的小伙来说，无疑是刻骨铭心的。但那已是过去的事了，而且可以说初恋的创伤，所有的所有，他都已经融化在诗歌里了。

1985至1988年，是海子诗歌创作的高峰期。就海子而言，有比恋爱更重要的事情，那就是他的诗歌创作。他不是一个可以为爱放弃诗歌的人，相反，他可以为诗歌放弃一切。

在《生日颂》里，他写道：

> 女人啊　你的名字像一根白色的绷带　曾经缠绕在我的额头
> 总有一阵秋风把绷带吹落
> 像吹下一片树叶　有没有伤疤　我都会将你宽恕

海子共留有七份遗书，其中六份是其同事在他教研室办公桌的抽屉里发现的。因为有一份涉及海子拿了别人的什么东西，同事认为这个有损海子的形象，于是他们就把那份遗书"压了下来"。

我的理解就是，他们把那封遗书销毁了。我曾问过提及此事的那位同事:"那份遗书后来去哪儿了?"他支支吾吾地说"没有了"。

还有一份是在海子死亡的现场,秦皇岛山海关派出所的警察在海子身上发现的。"我叫查海生,是中国政法大学青年教师,我的死和任何人没有关系",这是写在"手掌大小"的纸上的第七份遗书。

这封遗书由山海关派出所的警察交给了当时去处理海子后事的法大保卫处陈科长。不知道陈科长把它带回学校转交给了哪个部门,现在海子档案里看不到这份遗书。为此,有人合理怀疑这份所谓"遗书"的真实性。从证据的真实性来看,确实有怀疑的理由,在内容上,该份"遗书"与其他几份的内容完全相反,且书写时完全处于理性状态,更重要的是,这份如此重要的"遗书"是在什么时间、什么地点写的?难道也是在同一个时间、同一间办公室写的吗?

一共七份遗书,其中两份灭失,我们现在只能在网上找到五份。海子在这五份"遗书"里清晰地指明,他"精神分裂、突然死亡或自杀"都是有缘故的。

常远在谈到这个问题时说:"海子是一个复杂的人生系统。"

我的白骨累累是水面上人类残剩的屋顶　理波绘

1986年前后，我与海子都开始练习一些简单的打坐与冥想。海子曾经告诉我，他打开了所谓的"小周天"，我以前还没有听说过什么"小周天""大周天"之类的概念，只是隐约意识到应该跟经络有关。

暗风、吹雨，入寒窗。海子练功应该是一个事实，并且在一定的水准之上。但就目前来说，没有任何直接证据能证明海子的死与之有关。

谈论海子之死，绕不开其"遗书"的内容，但我们也不能从中得出直接的结论。我想海子的死，从遗书内容来看，需要弄清几个基本问题，然后再结合海子的生活、情感发展轨迹，从中去感知海子断然赴死的烟云。

从过往与海子的交往中，以及他的诗歌中，我们可以看出海子对死亡的态度从来就十分坦然。《春天，十个海子》十分清晰地交代了"死亡"的信息。对此，有人说，他的死是他精心策划的，从这首诗算起至少准备了将近两周时间，非一时冲动。

然而再想到，在他去山海关的七天前，我见到他手里拿着评职称的表格，那时的他应该还没有想到一周后的"死亡"吧？因此，我相信"在他人生的最后一周里，发生了一件令人震惊的事件"。但绝不是那个所谓"初恋"的出现。

时空有时会立体交错，不止一个人在不同层面告诉我，海子没有死。有人完整清晰地描绘他在何时、何地与海子相遇，我愿意相信，可是你相信吗？

在海子的命理中，会有其特有的因子"助力"或"阻力"他成长。从一个呱呱坠地的男孩，长大成一个俊气的男人，再成为一位伟大的诗人。他的情感与诗歌的发育是一个极其浓缩的"点燃与燃烧"的过程。

我隐约看到，那个"助力或阻力者"也就是那个"令人震惊的事件"中的那一端，坐在离东海不远的一个庙宇里。要知道海子是一个品质刚毅与决绝的人，他用"生命"表明了他的意志、尊严。然而，我更愿意相信"海子之死"是他殉道于他所热爱的诗歌。"神秘的诗人是病态的哲学家，而哲学家是疯狂的。"

对于诗歌，他有着高远的理想，但他所处的时代和他预感的未来与他内在的追求有着我们所不能感悟的"坎"。

  朋友们　我已有预感　我还要再说一遍
  土地的不幸是我们全体的不幸
  土地　她如今正骚动不安　我的祖国
  她恶心又呕吐

海子之死

……

她需要多少时间才能生产？

生下的是男是女　是侏儒还是巨人

是一个什么样的人？

他的焦虑、痛苦来自诗歌与时代，他迷茫的是他未来会是一个"什么样的人"。

在他生命的最后一年，诗歌创作逐渐减少，他在尝试小说创作。他曾笑呵呵地告诉我："我在写小说呢，我要把你及其他几个家伙都写进我的小说里。"但没等到读他的小说，迎面而来的是他的决绝。这也许就是我在听到他的死讯时第一反应不那么震惊的缘故。我意识到，他追寻他的诗歌去了，他的"孤独"如诗歌天堂的马匹，也正是这个"诗歌的天堂"拯救了他。

诗人佩索阿有一句诗：

我们从事物中看到的只是事物

如果有别的，为什么我们只看到事物呢？

写到这儿，我打开海子的《小站》，他在后记里写道：

"对宽容我的我会报以宽容"。

他的离世与"气功"有关,但并非它决定了他的选择;他的离世与"爱情"有关,爱所不能的爱激发了他对生命与死亡的思考;他的离世与"诗歌"有关,诗歌带给他精神与灵魂的升华,不是"气功""爱情"所能比拟的。

海子之死也许是个"谜",如果说"谜"是世界的真相,那么就让它永远"谜"下去吧,或十年后再说吧。

1989
——死亡与复活

春天,十个海子全部复活
在光明的景色中
嘲笑这一个野蛮而悲伤的海子
你这么长久地沉睡到底是为了什么?

春天,十个海子低低地怒吼
围着你和我跳舞、唱歌
扯乱你的黑头发,骑上你飞奔而去,尘土飞扬
你被劈开的疼痛在大地弥漫

在春天,野蛮而悲伤的海子
就剩下这一个,最后一个
这是一个黑夜的孩子,沉浸于冬天,倾心死亡
不能自拔,热爱着空虚而寒冷的乡村

那里的谷物高高堆起,遮住了窗子
他们一半用于一家六口人的嘴,吃和胃
一半用于农业,他们自己繁殖
大风从东吹到西,从北刮到南,无视黑夜和黎明
你所说的曙光究竟是什么意思

——《春天,十个海子》海子

1989年3月26日,海子出事的那天。上午,他去了山海关;下午,我去了昌平。

第二天,清冷的晨风中,一位同时从西北政法学院分配到法大的同事,气喘吁吁地跑上五楼,急促地敲着我的门。我还在睡梦之中,起来打开房门,他说的第一句话令我意外:"理波,你知道吗?小查出事了。"他在校办工作,那天周日在学校值班。他告诉我:"山海关派出所警察把电话打到学校,询问政法大学是否有叫查海生的人。"

他应该是最早知道海子死讯的人之一。见到我时,有点恍然,又有点激动。而我,说实话,内心却有几分平静,没有通常人们所说的在听到重大噩耗时"心里咯噔一下"的感觉。因为在我的潜在的意识里,海子的死似乎是一个早晚会发生的事。只是瞬间有一种难以言表的失落,在心里嘀咕了一句:"刚有了一个儿子,就走了一个哥们儿。"那天,我儿子出生刚满十天。

同时,我又强烈地感到有一些自责,想到如果不是因为儿子要出生,需要住在城里,而是我一直住在昌平,海子可能还不会死,至少不会在那天,我自信地感到。

"闲坐悲君亦自悲",我黯然神伤,又天真地感到这小子也太不够意思了,这么大的事也不事先告诉我一下。

2005年，我第一次到访海子在安徽怀宁查湾的老家。此后，我又陆续去过几次，看望他的父母。

2010年冬至，上午十点多，我从虹桥路的办公室出来，开车来到不远的古北，在黄金城道的一家花店买了一束康乃馨和一捧黄菊花，打开高德地图，直接定位海子墓。高速公路上车不算多，想着距上次见海子父母，转眼又是好几年了，车速不由得快了起来。千里黄云，草木岁月，驱车五百多公里，下午四点左右到了海子的老家。

驶出怀宁高速出口，地面的马路整修过了，也宽大了。临近查湾，海子故居的指示牌醒目地矗立在路边，车停在海子故居的院子里，海子父母都在家。

我想去海子墓地看看，他父亲说带我去，我说我可以找到，老父亲说："不碍事，我带你去吧。"只见墓碑已被修葺，尺寸大了，碑上的字也更清晰了，海子从西藏带回来的佛像石雕镶嵌在一旁。

我把从上海带来的鲜花放在了海子的墓前。他去世那年在山海关举行的告别仪式，因为儿子刚出生十天，没法走开，所以我没去参加。这是我第一次在海子墓地献花、默哀、鞠躬，一种特有的仪式感油然而生，脑子里浮现的都是他在昌平的场景。老父亲在一旁嘴里念叨："你的好朋友理波来看你了。"刚起身要离开时,忽然飘来一片黑云,顷刻落起了一场不大不小的雨,于是在雨中,匆匆与海子墓告别。

回到海子故居,他母亲叫来了海子的堂妹和在家的二弟。老母亲跟我说:"晚上就在家里吃饭。"我说:"好,别太麻烦就行。"

12月的寒风阵阵,外面的雨虽然已经停了,但晚上吃饭时还是有些阴冷,而且是那种越坐越冷的感觉,估计我有点缩手缩脚,被老母亲看出来了,她用脚轻轻地把桌子底下的火盆往我脚边儿挪了一挪,顿时我感觉脚热了起来,不一会儿,全身都感到暖洋洋的。

有一天,炎热的午后,我在上海路过福州路,进入一家书店。店里的书林林总总,令人目不暇接,映入眼帘的是"中国文学名家经典文库"的牌子,顺势看去,书架上《海子的诗》与《人间词话》《呐喊》《四世同堂》《沈从文经典散文集》等名家的著作放在了一起,在这套二十多本的文库里,诗歌类的只放了海子的诗。

自从2009年《海子诗全集》出版后,我逛书店都会特别注意文学诗歌柜台,看看有没有新的海子诗集或海子传记等相关书籍。多年下来,我的书架慢慢地有了一大排海子的书，算算也有几十种了。

这本《海子的诗》不是太厚，价格二十五元。走出书店，我坐在门口的台阶上，随手打开书，翻到了他在1989年去世之前一个月写的一首几十行的诗《拂晓》，其中最后一段是：

所有的你都默默包扎着死去的你
年老丑陋的女王，这黑夜内部无穷无尽的
母亲女王
我早就说过，断头流血的是太阳

一个春光明媚的周末，我开车去上海郊区大学城，商业街上小店林立。我与妻子选了一家咖啡馆坐下，点了一杯美式咖啡。咖啡端上桌子，香气袅袅，是我喜欢的味道。我朝门口望去，看见玻璃门上印着"面朝大海，春暖花开"一行字和一杯冒着热气的咖啡。

这让我想起，那个至今还放在我橱柜里的铝制的水开时会冒泡的咖啡壶和海子喝咖啡的神态。

我对他说："今天的咖啡你买单了？"海子发出"嘿嘿"的笑声。"那再来两块拿破仑。"我开心地说道。

酷暑难忍，一个大夏天的下午，一位90后的朋友发过来一条微信"理波老师，我在德令哈"，没等我回复，他接着发了两张照片，一张是石碑上刻着的海子像，另一张是"海子诗歌陈列馆"的建筑。

"你去那里玩了？"我问。"是的，我们去青海湖旅游，特地到这儿看看。"他回答说。

"在这里，我听说，因为海子有一个女朋友在德令哈的农场，海子来看望她并写了一首诗。"他告诉我他在德令哈听到的故事。

我发了一段语音给他："这只是一个美丽的传说，网上还有人说他为追一个比他大二十岁的大姐，从德令哈去了西藏，这些都是后来人编的。""真的啊？！"他还加了一个惊叹的符号。

2019年冬天，我在纽约，住在曼哈顿中城"地狱厨房"附近，坐地铁最多的地方是地铁7号线终点站，哈德逊广场那一站。如今，这里成了纽约的一个新地标，高楼林立，客流熙熙攘攘，不远处就是哈德逊河。

纽约的隆冬滴水成冰，我快步进入地铁，这是一个新修建不久的地铁站，过道宽、站台大。当我走到地铁站大厅的时候，依稀听到一个浑厚的嗓音，再往前看发现是一位弹着吉他的黑人歌手。令人惊讶的是，他竟然用中文在演唱海子的《面朝大海，春暖花开》，我驻足看着他，听他唱完，接着他又唱了一首《九月》。三十多岁的年轻人，肤色黝黑，身体结实魁梧，唱的不仅旋律对，吐字也准。

他唱完，我好奇地用中文问他："你这是在中国学的吧？"他回答我："Sorry, I don't understand Chinese at all."

"Really?" 我再次惊讶道，"I can't believe it. Are you kidding?" 这哥们儿朝我看看，没再理我，继续唱歌，我从钱包里掏出十美元，轻轻地放在地上一个纸盒子里。

在北京宋庄的艺术家工作室，我与画家朋友见面，吃饭喝酒。会唱歌的朋友自弹自唱，少不了《面朝大海，春暖花开》和《九月》。"亲朋尽一哭，鞍马去孤城"，近些年来，海子有十几首诗被谱成曲，广为传唱。

海子去世的那个月，正赶上我妻子生孩子。海子父母家人在接到政法大学的电报后，火速赶到北京，他们被安排在学院路校区七号楼北头的几间屋子里，我来学校找到他们，海子母亲在一年前刚来过一次北京。她见到我，拉着我的手，止不住的泪水，哽咽道："海生，他这是咋了？"泪水饱含在我眼里，竟无言以对。

"我知道他跟你好，你去挑一些他的书吧？"她去过昌平，看过海子屋里四个书架满满当当的书。可我当时实在没有时间，妻子3月16日刚生完孩子，身体不适，出院后几天又住进了医院，我必须在家照看孩子，只有在家人有空的时候，我才能出来一下。因此，几天后在山海关举行的追悼会，我也就无法前往。草萋萋，雨绵绵，我在家里抱着儿子，空空大千，生者悲戚。

2020年10月，我与几位朋友一起从北京驱车去山海关。友人心细，仔细地研究了诸多信息，准确定位了海子去世的地点。我们翻看地图，山海关站往西有一条河，名为"石河"，水虽不深但河道不窄，铁路桥横跨其上，再往西不远，有一条涵道。最准确的地点就是在铁路桥与涵道之间，离涵道几十米处。

现在铁路两侧杂草丛生，拉了铁丝网。夕阳透出橘红的余晖，不时会有列车慢慢驶过。我们在一块平整的小空地上，摆放上带来的鲜花，我拿出一瓶我特地挑选的"法律人"酱香型白酒，酒标上有当年老校长江平的题字。火车从不远处迎面而来，恍惚间，我的意识有些模糊，似乎海子从前面走来。一旁的朋友抓拍了一张照片，从这张照片可以看出，我的思绪、意识、情感在瞬间断片了。

我在遥想三十多年前的那个场景。山海关、山海关，

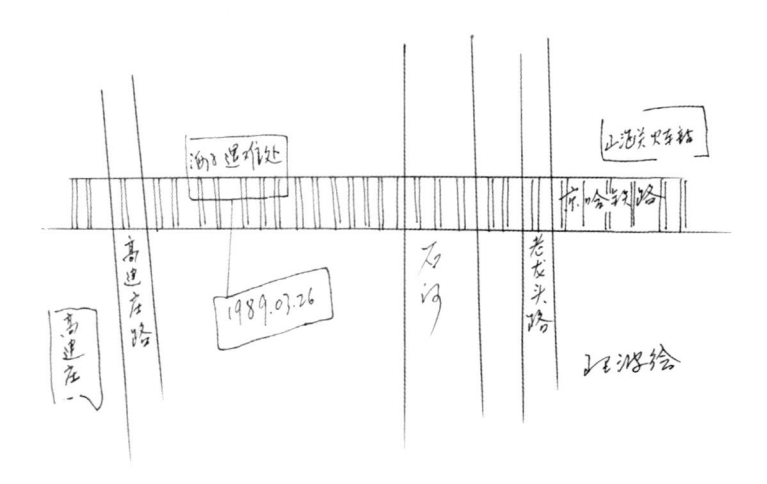

海子殉难地示意图　理波绘

为什么会是山海关呢?

不远处的大海,眼前的河流,铁轨反射出金属铿亮冰冷的光,令我想起1989年3月9日,海子在《月全食》这首诗里写的几句诗:

> 我的爱人住在贫穷山区的伞中,双手捧着我
> 的鲜血
> 一把斧子浸在我自己的鲜血中
> 火把头朝下在海水中燃烧
> 我的愚蠢而残酷的青春
> 是同胞兄弟和九个魔鬼
> 他一直走到黑暗和空虚的深处
> ……
> 火光明亮,我像一条河流将血红的头颅举起

如今,山海关有着众多的海子诗歌爱好者,在海子忌日,他们会聚集在"中国诗人角",诵读海子的诗歌,那里有谢冕教授题写的"海子石"和"海子诗歌纪念馆"。

从山海关回京,三百多公里路,驾车三个多小时,而三十多年前的绿皮火车需要行驶六个小时。黑幕降临,车

在高速公路上飞驰,想着从认识海子到寻寻觅觅,在海子离世处给他洒酒祭奠,心里也算是有了一个交代。

午夜时分,回到北京,依然灯火璀璨。

"死亡是没有的,我已经在生命里行走千次。"顾城说。对于死亡,我说过:"我不喜欢自己'结果'自己,但海子的过世是'诗人最好的选择'。"他用"以命相许"的力量,成就了其灵魂中的诗歌王国。

诗歌创作是海子对超越"时空"的一个探索,诗是一个通道,语言只是一种工具,他在自己"构建"的空间里,找到了一个舒适的状态。著名诗人韩国强说:"海子以一己之力,建立了一种新的诗歌审美,也让现代诗在公众视野中占有一席之地。"

海子是幸运的,他的幸运在于,他很早就寻找到了真正的"自我",他是他自己的"悉达多",这是一个精神皈依的过程,直至"超越死亡",所以他的复活是必然的,一如他自己所说,"春天,十个海子全部复活"。

六年·流年

活在这珍贵的人间
太阳强烈
水波温柔
一层层白云覆盖着
我
踩在青草上
感到自己是彻底干净的黑土块

活在这珍贵的人间
泥土高溅
扑打面颊
活在这珍贵的人间
人类和植物一样幸福
爱情和雨水一样幸福

——《活在珍贵的人间》海子

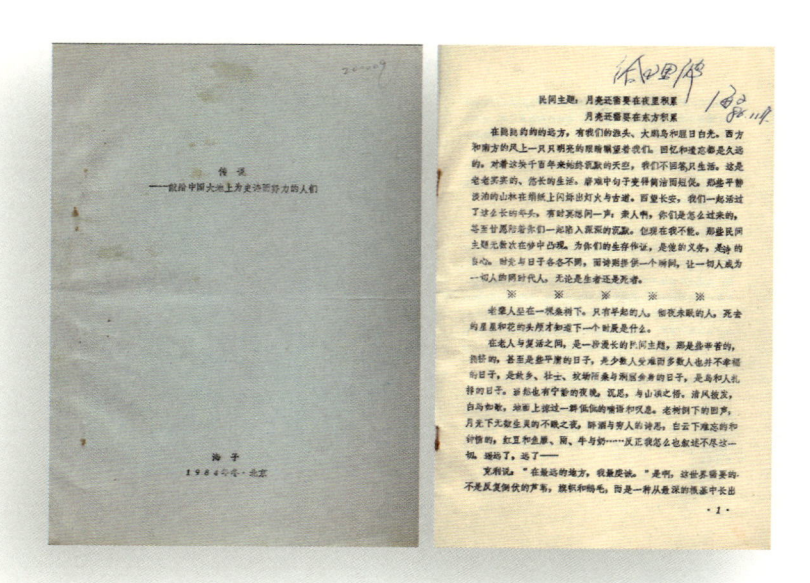

海子给理波的打印稿

远在远方的风比远方更远

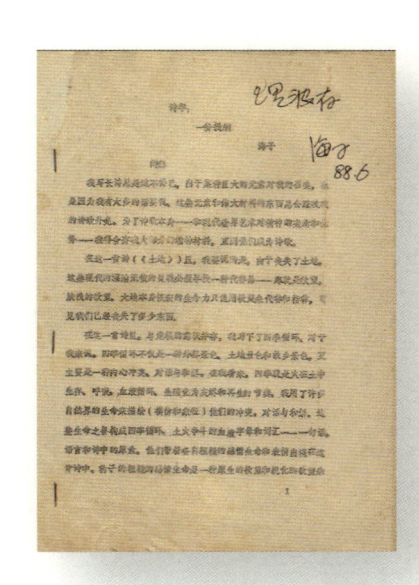

海子给理波的打印稿

六年·流年

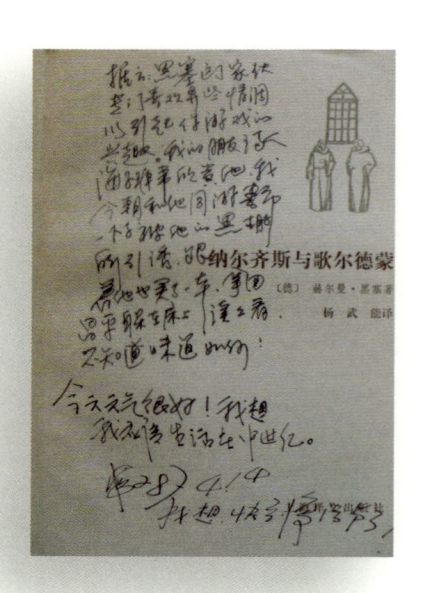

我应该生活在中世纪

《生日颂》手稿第一页　　　　　《生日颂》手稿末页

海子像　理波绘

理波与马哲在大红门村庄　海子摄

理波与马哲在大红门村庄　海子摄

海子在昌平北铁路　理波摄

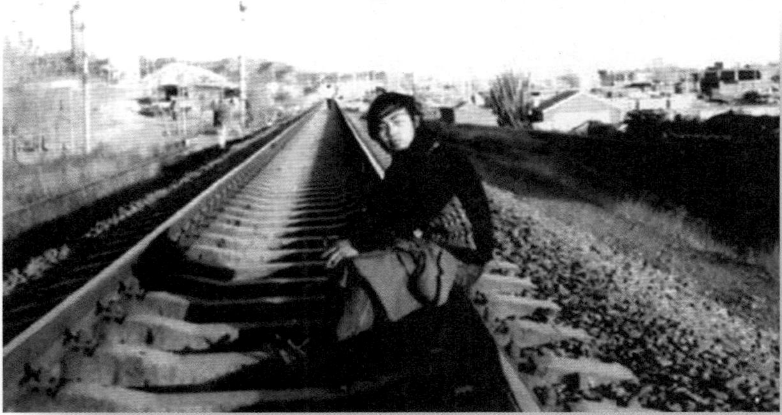

1986年，海子与理波在理波书房里

1986年，海子与理波在十三陵神路　马哲摄

海子与马哲 理波摄

远在远方的风比远方更远

1986年，海子在大红门村庄　理波摄

远在远方的风比远方更远

"诗歌烈士"——1986年在十三陵大红门　理波摄

北京798艺术园区海子离世三十年纪念会

理波在山海关祭奠海子　黄建华摄

西川与理波

后记

"人生天地之间,若白驹过隙,忽然而已。"与海子相识逾四十年,也是他离世三十五周年的时候,我陆续写了十年的这些文字,终于落笔收官。

在序言中我写道,2009年由西川编辑的《海子诗全集》一书出版,因为其中收录了海子写给我的那首《生日颂》,所以开始有人知道海子有一个叫"理波"的朋友。为此,有几位记者辗转找到我进行专访。可是当我读了他们发表的文章后,发现总有一些细节不能真实、完整地表达我的原话或原意,而是习惯性地采用那些被讹传的"故事"。

于是,得知这些情况的朋友,便不断催促并鼓励我写出自己所知道的海子。由此,我先后写了三十多篇回忆海子的文章,配上那首令人动容的大提琴曲——《殇》,发在了当时方兴未艾的新浪博客,那些文字便是这本书最早的雏形。

由于这些文字都是仅凭自己的记忆,

在繁忙的工作之余匆匆写成,因此其中一些具体的时间和细节难免会有不准之处,从而致使某些编纂海子传记的作者,在整段"引用"的时候,把其中一些不够准确的内容也都引入其中,令我感到十分遗憾。

近年来,为了弥补这些遗憾,我查阅了相关文字材料,并找出了当年的实物、照片,更重要的是仔细查阅了我写了十一年(1977 — 1988)的日记,并跟与我和海子都熟识的老友多次交谈,了解并唤起了更多记忆中的细节,进而对既有文字中的重要时间节点、人物、事件做了必要的调整与勘误。但毕竟时光飞逝,回忆那段已经消逝的日子,谬误不免仍会存在,特别是涉及海子生平的重大事件——如他的死亡——随着时间的推移、相关人物与证据的出现,我相信一定会有新的或更准确的说法。

我并非研究文学或诗歌理论的专门学者,撰写此书最基本的想法是,为海子诗歌爱好者介绍一位伟大诗人在人生最后也是最精彩的六年里的真实境况,为海子研究者提供翔实的资料和进一步研究的线索,也表达自己对海子和八十年代的怀念与告别。

本书字数不多,但写作的过程,可谓"甘苦自知"。令我感到特别欣慰的是,在此过程中得到了许多朋友的帮助与鼓励，可惜不能在此一一列出大名，而我又不得不写出其中一些人的名字，以表达我对他们的感谢与钦佩。

首先，要感谢海子年迈的父母与三位胞弟，尤其是海子的母亲，每次与之相见，她所表现出的对海子诗歌的热爱与尊敬，令我真切地感受到天才诗人高贵品质的精神文脉。

其次，因为海子，我结识了许多中国当下的优秀诗人，在成为他们粉丝的同时，也受到他们精神气质的感染，包括西川、杨炼、芒克等。此外，还有北京诗人老贺、旺忘望、杨典、刑天、莫非；上海诗人白夜、郁郁、刘漫流、陈东东、孟浪（已故）、阿钟、冰释之、京不特、古冈等。以及当下在贵州遵义山上出家的马哲——宏威法师。在此，要感谢他们从不同角度与我谈论对海子及其诗歌的理解，令我受益良多。

再次，要感谢著名诗人王小龙老师在我写作过程中提出的诸多颇有裨益的具体意见，诗人黄建华先生提供的许多建设性的帮助与鼓励。同时，必须要感谢著名系统生命科学家常远、孙舸夫妇，著名战地记者唐师曾，他们亦是海子的同事与好友，在我们长年的交往中，他们特有的知识与经验对我有宝贵的启迪，加深了我对海子的理解。

最后，无须用华丽的辞藻来表达我对我国著名诗人吉狄马加先生的谢意，他撰写的序言，不仅是对这本书的加持,也是对诗人海子的敬意,更是对人类精神高地的致敬。

此外,要特别深情地感谢张志京女士与孙维知先生,在平常的日子里,我们常常会一起回忆在昌平的岁月以及相册里的海子。

本书的出版离不开作家出版社领导和工作人员的鼎力支持,正是他们的艰辛工作,本书才得以顺利面世,在此向他们致以诚挚谢意。

亲朋好友的陪伴与鼓励,使我得以心无旁骛地写作,这也是一段令我精神超越、心灵成长的过程。

海子说:

  愿我从此不再提起

  再不提过去

  痛苦与幸福

  生不带来　死不带去

  唯黄昏华美而无上

——《秋日黄昏》

理　波
二〇二四年一月十八日